JN022315

書肆侃侃房

エンリーケ・ビラ＝マタス
木村榮一・野村竜仁 訳

永遠の家

両親とパウラ・デ・パルマに

ぼくがひとりの時、ぼくはいない。

モーリス・ブランショ

装幀　緒方修一
装画　平井豊果

目次

ぼくには敵がいた

1

いかにも現実的なあの忠告を耳にしていなかったら、ぼくたちの身にあのようなことは起こらなかっただろう。

「自分をアビシニアの皇帝だと思い込んでいるあのじいさんは、頭がどうかしているから、近づかないほうがいい」

ぼくたちはその忠告に耳を貸さなかっただけでなく、逆に常軌を逸したあの老人に対していっそう強い好奇心を抱くようになった。老人は暖かい冬の陽射しに包まれたニースを散歩しながら芝居がかった身振りをしたり、まわりにいる取り巻き連に自分の宮廷の王子や大臣であるかのようにあれこれ指示を与えていた。

ぼくたちは包囲網を徐々に狭めていき、とうとうある日老人がヤサルデという名前で、途方もない素封家のアルゼンチン人であることを突き止めた。遺産相続人たちは彼がどれほど奇矯で気まぐれな行動をとっても、機嫌を損ねないよう見て見ぬふりをしていた。ぼくたちは間もなく、というかそのすぐあとに風変わりな老人とはじめて近づきになった。今もぼくの記憶に鮮明に残っている冬の陽射しがあの時の沈黙の証人になっている。老人は自ら考案した衣装を身につけていたが、中でもサーカス芸人のはくズボンと軍服のような仕立てで金ボタンのついた赤いカザックの盛装が目を引いた。カラーのところには、三つの十字架とマルティン・ヤサルデという名前、それにアビシニアの皇帝という身分を示す文字が刺繍してあった。

はじめて口をきいた日も例の盛装をまとい、カラーのところには身分を示す刺繍が派手派手しく輝いていた。人ごみの中で彼を見つけ出したのはラウラだった。気持ちのいい朝で、数日後にコート・ダジュールに大雪が降るとはとても思えなかった。英国人遊歩道には折りたたみの椅子が一列に並べてあり、老人はそのひとつに腰を下ろして、他の老人と一緒に海を眺めていた。卑屈な親族の者たちは王子、あるいは大臣というよりも、まるで随員のようだった。ぼくたちはそんな彼らに紛れ込んで、そばに近づくとわざと子供っぽいふりをして、帝国の話を聞かせてほしいとせがんだ。

喜んで話してくれるだろうと思っていたが、思惑は外れた。彼は戸惑ったような表情を浮かべてぼくたちのほうを向き、品定めするように一人ひとりの顔をじっと見つめた。最初はペドロ、次いでソレダッド、そしてぼくの顔をじっと見つめた。おかげで友人とぼくは居心地の悪い思いをした。ラウラに向けられた老人の視線に気づいて、ますます落ちつかない気持ちになった。ラウラは近頃派手な服装をするようになり、そのせいで実年齢よりも年上に見えた。あの時も透けて見えそうなブラウスに黒のスカート、同じく黒のブーツにつばがとても広い真っ白な帽子をかぶっていた。娘にあのような服装をさせているが、家族の者はいったい何を考えているのだろう。彼女を奇妙な目つきで見つめている老人を見ているうちにぼくの心の中で何かが音もなく爆発したように感じ、このことはきっと忘れないだろうと思った。過去の情景が記憶に刻みつけられているように、人を戸惑わせるあの視線をきっと忘れることはないだろう。

「あなたの帝国のことを教えていただけませんか」とぼくはしつこく尋ねた。

老人はラウラから目を逸らして、質問に答えてくれた。彼の説明は謎めいていてよく理解できなかったが、今思えばそれほど謎めいたものではなく、ただ失われた幼年時代を呼び覚まそうとしていただけだったのかもしれない。というのも、帝国の話と言いながら、教えてくれたのは広々とした部屋や薄暗い屋根裏部屋、ロウソクを手に降りていった地下室、クモが梁に巣を張り、それが森や迷路、未知の都市、誰も足を踏み入れたことのない大地に見える屋根裏のことだけだった。

二日後に、ネグレスコ・ホテルの前でふたたび彼と出くわした。あの時はラウラの顔を執拗に見つめながら向こうから近づいてきた。そして、悪意のこもった笑みを浮かべて彼女に変わった体位が好きかと尋ねた。ぼくたちは質問の意味がまったく理解できなかったので、優雅に視線をさまよわせるというお気に入りの遊びをすることにしたが、その技巧に関してはぼくたちの右に出るものはおらず、つねに相手を戸惑わせることに成功していた。あの日の老人も例外ではなく、まんまと罠にかかった。彼は当惑して海岸のほうに目をやると、狼狽していることを気取られまいとして、変わった体位というのは、たとえば逆立ちをして歩くといったことなんだと言って、ちょうどその時冬の砂浜で逆立ちして遊んでいる人のほうを指さした。

ぼくたちの視線はふたたび優雅にさまよいはじめた。すると老人は体の中に奇妙なバネが仕込まれてでもいるように、突然おしゃべり好きな本性を現した。おかげで、老人が自分のことをひどく若いと思い込んでいて、ヨーロッパへ遊学に来ていることがわかった。そして、訪れた国で面白いことを発見すると、かならず五線紙のノートに書き留めるようにしていると言った。

何に興味を持たれたんですか？　君主だけだね。メモはすべて君主に関するものだった。たとえば、パリに滞在中のことは、その時に会ったフランスの昔の皇帝のことしか覚えていなかった。

「愚かでぞっとするような老人だったよ。もっとも相手を怒らせてはまずいと思って何も言わなかったがね」彼は楽譜用の五線紙ノートを振り回しながらそう言った。

ベルリンではオペラ座へ行き、いつまで経っても歌うのをやめない国王と貴婦人が登場するオペラを鑑賞した。

「幸いなことに」と彼はぼくたちに言った。「やっとのことで貴婦人が火刑に処されて、生きながら焼かれたものだから、私をはじめ王子や大臣はその結末に大いに満足したものだ」

彼はラウラの手を取ると、ゆっくり愛撫しながら、君の指はまるで王妃の指のようだねと言った。「私は」と付け加えた。「自分が特別な人間であることをちゃんとわきまえておるから、この心と服装がちぐはぐだということもよく理解している」

当時のぼくはまだ子供だったので、その言い方がおかしくて吹き出してしまった。つられてソレダッドとペドロも一緒になって笑い出した。そのせいで気分を害したのだろう、随員たちがいくぶんびっくりしたような表情を浮かべている中、彼は突然五線紙ノートの一ページ目を開くと、そこに書き付けた言葉をタバコの巻紙の上に写しはじめた。

巻紙には文章をひとつ書くぐらいの余白しかなかったが、書き終えると、それでくるくるとタバコの葉を巻いて、満足そうに吸って煙に変えてしまった。そして、自分がニースを出てゆく前に五線紙に書き留めたものをすべて煙にしてしまっているだろうなと言った。

その夜、ぼくは老人が世界をそっくり煙にして吸ってしまった夢を見た。その夢のせいだろうが、次の日老人に会った時、世界全体を巨大な煙に変えて吸ってしまうと、あとで疲れが出ませんかとさりげなく訊いてみた。老人は不安そうな表情を浮かべたが、その理由はぼくが質問したこととは関わりのない何かだったのだろう。

「人はそれぞれだからね」と老人は答えた。

「何か気にかかることでもあるんですか？」

「ああ、君は友人だから包み隠さず言うが、何か恐ろしいことが起こりそうな気がする。誰かにあとをつけられている、というか誰かが自分の前を歩いているような気がするんだよ。皇帝の私が言うんだから間違いない」

海岸沿いをラウラがいらいらした様子でこちらに向かってやってくるのを見て、老人の注意はそちらに向けられた。その日の彼女は全身白ずくめの衣装をつけ、顎の下で帽子をしっかり止めているゴム紐までが雪のように真っ白だった。そばに来ると、彼女は老人に向かって帽子をとってもいいですかと尋ねた。

「ああ、もちろん遠慮なくとっていいよ」と老人はカラーの、皇帝と刺繍してある箇所を撫でながら答えた。彼女は帽子を脱ぎながら、これ以上ないほど甘えた声でリボンが痛くてしかたないんですと弁解した。それを聞いて、彼女もぼくと同じように、自分では若いアビシニア人だと思い込んでいる頭のおかしい哀れな老人に少しばかり同情しているんだなと考えたが、それはとんでもない思い違いで、彼女は同情していたのではなく、老人の奇矯さに惹かれていたのだ。

クリスマス・イヴに贈り物を吊るしたモミの木のそばでぼくにそう教えてくれたのは、ラウラだった。ぼくたち親族の人間は父が借りた家にみんなで泊まっていて、三日後に全員揃ってバルセローナに戻ることになっていた。まわりの人に聞かれないようラウラとぼくは、クリスマスの火が赤々と燃えている暖炉から遠く離れた絨毯の上に腰を下ろしていた。ぼくは間に合わせに作った二つの人形をひとつずつ手に持ち、それに声と命を吹き込んだ。人形のひとつは腹話術師で、もうひとつは主人を激しくののしる癖のある無作法な人形だった。ラウラはぼくが思いつきで作った人形がひどく気に入ったようだが、その時縁起の悪いことに腹話術師の話を夢中で聞いていた彼女の膝の上に一匹の黒猫が突然飛び乗った。

ラウラはびっくりしたような表情を浮かべたあと、用心して猫を撫でた。その時に爪で引っかかれたようで指から血が噴き出したので、手を高く挙げた。

「どうして引っかいたんだろう」ぼくはそう言いながらペドロのほうに目をやった。彼は客間奥の暖炉の近くに座って、ぼくたちのほうをちらちら見ながら木の棒で火を掻きたてていたが、頑として脱ごうとしなかったオーバーの襟を立てて、そこに顔を埋めていた。ラウラはおかしな態度をとっているペドロのほうをチラッと見たあと、何かを怖がっているようにぼくの顔を見つめた。ペドロはどうしたのかしらと尋ねるつもりだろうと思ったが、彼のことなど気にかけていないことがすぐにわかった。ぼくの腹話術師の人形の口を押さえると、あの老人のことを話題にしたが、それを聞いてぼくは不安に襲われた。

「私はあの人を永遠に愛するわ」と彼女は言った。「死んでからもね。いずれ死が訪れるはずだけど、そうなったらお墓に宛てて手紙を書くつもりなの。あの人は、誰かが手紙を書きつづけるかぎり、死者は死なないって言ったのよ」

ぼくは彼女の指の血と暖炉の火を見つめながら、いったいどういう種類の愛なんだろうと考え込んでしまった。クリスマスの冷たい朝にラウラの死体が発見されたが、殺される前に身の毛のよだつほど恐ろしい出来事があったことを思うと、今でも考え込んでしまう。

彼女は真夜中に家を抜け出して老人に会いに行き、そこで老人に強姦された。老人は彼女を犯し、死んだとわかると彼女の舌を嚙み切った。そして、犯罪現場から少し離れた、ぼくたちがいつも遊び場にしていた大きな廃屋敷内にある木で首をくくった。月がそれを見届けた唯一の証人だった。

彼が首を吊った直後からニースに雪が降りはじめ、一晩かけて雪がその姿形を変えてしまった。クリスマスの朝、老人の死体は凍てつくように冷たい風に吹かれてぼくたちの目の前で揺れていた。まさかそれが老人の遺骸だとは思わず、雪だるまだろうと思っていた。数分のあいだ、ソレダッドとペドロ、それにぼくの三人はラウラの身に何が起こったのかも知らずに、彼女に代わって復讐していたのだ。宙に浮いて揺れている雪だるまに向かってぼくたちは雪つぶてを投げたが、そのうち陽が射して遺体を覆っていた雪がとけはじめた。最初に老人の名前と皇帝の称号が刺繍されているカラーが見え、次いで別世界の上で嘲笑する旗のように凍りついている老人の顔が浮かび上がってきたので、ぼくたちは驚愕すると同時に震え上がった。

2

何年も経ってふたたび人が暴行され、舌を抜かれた。同じ犯罪が繰り返され、ぼくはまたしてもその事件に直接影響を受けることになった。

当時ぼくはパリに住んでいた。そのニュースを知らされた時のことは一生忘れないだろう。怒りと驚愕のあまり死ぬような思いを味わった。狂ったように大声でわめいたりしてはいけないと思い、ほかのことを考えようとした。町に大雨が降ったばかりだったので、ひょっとしていつも明かりのついている向かいの建物の三つの窓が雨で流されてしまったのではないかと思って外をのぞいた。幸い窓は水でなくなっていなかったのでひと安心した。すべてが以前と変わっていないとわかってほっとしたのだ。そんなことがあってはいけないのだ。ガールフレンドのマルグリットの家の窓が、まるで使命感に駆られてでもいるかのように、ゆったりした服を着た通行人の姿を忠実に映し出しているのを見てほっと胸を撫でおろした。モンパルナスのあの片隅を、軽やかに通り過ぎてゆく女性の体を締め付けているプリーツを見ると、記憶の奥深くに刻み付けられている遠い過去のものとなった少年時代の憂鬱な感覚がいつものようによみがえってきた。

下に降りて外に出ると、ふたたびあのドラマに出てきそうな現実が目の前に現れた。とたんに、安らかな気持ちは吹き飛んでしまった。あたりは事件の話で持ちきりだった。カフェのル・ドームから少し離れたところに建設中のナイトクラブがあり、そこでマルグリットの弟の遺体が発見されたのだ。犯され、舌を噛み切られた上に、首を切断されていたのだ。

うわさでは、警察は殺人犯に関してまだ何の手がかりもつかんでいないようだった。夕方になって悲しみに暮れているマルグリットとようやく連絡が取れ、彼女から手がかりがひとつだけあるという話を聞いた。いつもル・ドームのテラスで食前酒を飲んでいる銀行員が、アイスクリームを持っている少年を見かけたが、そばには痩せて背が高く、知的ではあるが異常なまでに顔色の悪いカールした黒髪の若者が付き添っているのをたしかに見たと言った。

マルグリットはぼくを必要としているようだった。しばらくの間、両親の住む家を出たほうがいいと考えて、彼女に電話をかけてみた。最初は嫌がったが、けっきょくカフェ・ペレックで会うことになった。自分でも恥ずかしくなるほど陳腐な言葉で彼女を慰めたが、うまくいかなかった。

近くのテーブルに昔の友人ペドロが例によって少年時代と同じように暗い顔をして座っていた。画家の仲間と一緒に奇妙な集会を開いていたのだ。あの若者たちはいつも屈託ありげな暗い顔をしていて、ほとんど口をきかなかった。うわさでは、しゃべると気が散るからと、黙って思索にふけっているとのことだった。

お互い疎遠になっていたせいで、幼い頃の友情は遠い過去のものになっていたし、ニースのあのぞっとするような事件の記憶もぼくたちを結びつけはしなかった。ぼくたちはそれぞれまったく違った道を歩んできた。莫大な遺産を相続したペドロは、画家を目ざしていた。親の遺産を使い果たしたぼくも芸術の世界に足を踏み入れたが、今はピガール街にあるうら寂れたキャバレーで腹話術師としてどうにかこうにか糊口をしのいでいる。二人ともバルセローナを出て、パリの、それも同じ地区で暮らしていたが、一致しているのはその点だけだった。

世をすねたペドロにとって今回の事件は、ぼくたちが経験したクリスマスの日のあの残酷な事件の記憶をよみがえらせただけだが、ぼくのほうはあの二つの犯罪事件が驚くほど似通っていることが気にかかっていた。しかし、彼のところへ行ってそれについて話す気にはなれなかった。

マルグリットとぼくは何気なくペドロのテーブルのほうに目をやったが、とたんにぼくたちは凍りついてしまった。かつての友人は、少年殺しの犯人とうわさされている痩せた若者にそっくりだったのだ。

それから何時間か経ってマルグリットは夢を見たのだが、その夢を見なければ、あれは奇妙で思いもかけない偶然の一致だということで片が付いていただろう。彼女の夢というのは、猛烈な吹雪の中から突然血まみれの狼に変わったペドロが現れて、狂ったように少年を追い詰め、唸りを上げるガラスの鎌で首を切り落とす。最後に少年の首はごろごろ転がっていって、真っ赤な帽子になり自分が恋している満月と一緒にダンスを踊ったというものだった。

結末は叙情的だが、マルグリットはその耐えがたいほどつらい箇所、恐ろしいシーンを忘れることができなかった。翌日ペレックに足を向けると、ひたすらペドロの様子をうかがい、唸りを上げて振り下ろされたガラスの鎌をこっそり服の下に隠し持っているのではないかと目を光らせた。鎌は見つからなかったが、どんな細かなことも彼女は見逃さなかった。たった一日でペドロのカールした黒い髪の毛がなくなり、毛をそり落とした頭に赤い帽子をかぶっていたが、それを見てマルグリットはあの帽子は間違いなく夢に出てきたものと同じだと言い張った。

彼女は、ペドロが外見をあそこまで変えたのは、疑われないようにするためだと推測した。きっと弟が殺されたせいでひどいショックを受けてそう言っているんだ、だから、ここは逆らわないほうがいいだろう、とぼくは考えた。すぐ近くにいるあの男が弟殺しの犯人にちがいないと何度もしつこく言い張ったので、ぼくとしては、いくらなんでもそんな常軌を逸したことを言うのはどうかな、ばかばかしすぎるよ、それに証拠もないのに警察に訴えて出るわけにはいかないだろうと反論せざるを得なかった。

「あの赤い帽子が夢に出てきたのと同じだというだけで、ほかに何の証拠もないのに、ひとりの人間を告発するなんてできやしないよ」

しかし、マルグリットはあくまでもそう言い張り、涙ながらに訴えてきたので、ぼくとしても早急に何かせざるを得なくなった。仕方なく、わかった、じゃあ、ぼくがペドロと話してみて、どんな反応を示すか見てみるよと言った。あまり気乗りしなかったが、思い切って無口な芸術家たちの集まっているところに近づいた。

思った通り全員が黙りこくったままだったので、ぼくのほうから話しかけたのだが、何だか彼らの思索の邪魔をしているような気持ちになった。

「ペドロ、少し話していいかな」

彼はゆっくり顔を起こすと、さも人を軽蔑したような目でこちらを見たが、ぼくはひるむことなく気づかないふりをしてこう言った。

「ナイトクラブの例の事件があったろう、あの事件でラウラが強姦された時のことを思い出さないかい」

「よしてくれ」とめんどくさそうに彼は答え返した。「君のことなど記憶にないんだ」

「だけど、あの事件は……」とぼくは言った。

「犯罪がどうのこうと言っているけど、妙になれなれしくぼくに話しかけること自体、犯罪行為じゃないのかい」

歓迎されるとは思っていなかったが、そこまでひどいしっぺ返しを食らうとは予想もしていなかった。彼がなぜあのような態度に出たのか理解できず、ぼくは戸惑った。ひどく怯えているせいで、彼はあのようなとげとげしい態度をとったにちがいなかった。いずれにしても、ぼくは招かれざる客でしかないように思われた。ここはテーブルに戻って、ペドロはぼくが思っていた以上におかしな人間に変わってしまった、どうしても納得がいかないなら、犯人を見たと言っている銀行員に確認してもらうしかない、マルグリットにそう伝えるのがいちばんいいだろうと考えた。

一時間後、その銀行員が少し離れた木の陰に隠れて殺人犯と思われる男をじっくり観察したが、すぐにアイスクリームを持っていた少年と一緒にいた若者とは似ても似つかない人間だと言い切った。

「あの男じゃない。これだけははっきり言えるよ。それに、ぼくが見た若い男よりも顔色が悪いしね」

「外見をごまかそうとして頭をスキン・ヘッドにしたのよ。それに、メークで顔色を悪く見せることだってできるでしょう」マルグリットはどうしても納得せず、しつこく食い下がった。

銀行員はそうじゃないというように首を何度も横に振ったあと、立ち去った。これでもう納得してくれただろうと思ったが、思惑は外れた。マルグリットはぼくの言葉に耳を貸そうとせず、さらに強い口調で犯人にちがいないと言い張った。子供の頃のペドロはカエルをいじめたり、殺したりすることもできないほど気がやさしくて、寝る前にはかならずベッドの中でお祈りをあげていたと言って、ぼくは何とか彼女を説得しようとした……。しかし、むだだった。この目でじっと睨みつけてあいつを息もできないほど苦しめてやる、そうなれば完全に追い詰められたと感じて、精神的にまいって、ついには自分から自白するようになる、そう仕向けてやるわ、とぼくに明言した。

「もう忘れたほうがいいよ、マルグリット……」その頃ぼくがしょっちゅう口にしていた哀願の言葉がそれだった。彼女は毎日のようにすぐ近くに腰を下ろしてペドロをにらみつけたが、どう見ても効果があるようには思えなかった。というのも、彼女がいくら追いつめたつもりでも、彼はまったく動揺したところを見せず、その態度に何の変化も見られなかった。彼はもの思いにふけっている、というかむしろ落ち込んでいる感じで、無口な芸術家仲間の中にあってもひときわ口数が少なかった。

ある日、ぼくたちは図々しく彼らのすぐそばに腰を下ろしたが、その時に若いということがいかに不幸かということについて議論しているのが聞こえてきた。彼らは涙を流さんばかりにその話をしていた。いかにも悲しそうにゆっくりした口調で話しているのが切れ切れに聞こえてきたが、突然ペドロの言葉が耳に飛び込んできて、マルグリットは飛び上がらんばかりに驚いた。

「青春時代を迎えるというのはとても辛いことだよ。だって、自分の中に住んでいる幼い子供を殺さなきゃいけないんだからね」彼は形容しようがないほど悲しげな口調でゆっくりそう言った。

マルグリットは、ついに自分の犯した罪を白状したわねといわんばかりの表情でぼくの顔を見た。

「今日は風が通らないね」と無口な連中のひとりが言った。

その後長い沈黙が続いて別のひとりが言った。

「本当だ、ぜんぜん風が通らないね」

マルグリットがぼくの腕を強い力でつかんだが、頭がどうかしたのではないかと思った。今にも飛び出さんばかりに目を大きく見開いているのを見て、自分がペドロをにらみつけて攻め立てたのが思い通りに功を奏したのだと確信してるんだなと考えた。しかし、ぼくにはペドロが口数の少ない芸術家たちの会話に気をとられているようにしか見えなかった。その時、ペドロが突然怒り狂って立ち上がると、小銭をテーブルの上に投げ出して、仲間に次のように言った。それを聞いて、自分の思っていた通りだと思った。

「うんざりだ。ぼくはもう帰る！　おしゃべりばかりしてる連中ともうこれ以上一緒に飲むのはたくさんだ」

彼は姿を消した。無口な連中がゆっくりした口調でぼそぼそ彼のことを話しているのに耳を傾けたが、彼らの話だと、この一週間彼は危機的状況にあって、ろくに食事もせずノミと留めピンの絵ばかり描いているが、あの調子だと今に自分が描く細密画の一片のようにやがてこの世から姿を消すんじゃないかなと話していた。

マルグリットはペドロが犯人にちがいないと思い込んでいたので、彼らの話を聞いて、自分が追い詰めてやったので狙い通りの効果を上げたのだと考えた。それを見て、君が言っているのは単なる思い込みでしかなく、まったく根拠がない、単に髪の毛をそり落としただけの悲しそうな顔をしたあの画家のことなんかはほうっておいた方がいいんじゃないのかい、と言わざるを得なかった。いくら調べても何も明らかにならないんだから、いいかげんにしたら、と言いたかったので、警察の捜査も進んでいないようだから、一度両親と話し合って探偵を雇ってみたらどうだろうと勧めた。

「そうすれば、君も私立探偵の真似をしてこのあたりを嗅ぎまわる必要もないだろう」と付け加えた。彼女は、ぼくが自分と殺された哀れな弟を笑いものにしていると感じて、最初は激昂し、次いでわっと泣き出した。そして、あなたには人の情ってものがないのねと言って、ぼくをなじった。そうじゃない、おかしな具合にペドロを嗅ぎまわるのはもうやめたほうがいい、あの男はノミと留めピンの絵しか描けないし、見るも哀れなほど憔悴している、それで十分じゃないかと言いたかったのだ。

「ペドロは役立たずのかわいそうな人間だから、人殺しなどできるはずがないよ」とぼくは言った。

「本気でそう思っているのなら、話はこれっきりにしましょう。聞いてるの？　二度とこの話はしないわ」

最後の言葉が、ペドロが立ち去った後もずっともの思いにふけっていた無口なあの連中の注意をひきつけた。そして、彼女が二度とその話はしないと言うのを聞いて、ひたすらもの思いにふけっていた連中は、彼女が自分たちを無条件に支持してくれていると勘違いしたかのように、急に活気づいた。

「ああ、二度とこの話はしないでおこう」とぼくは無口な男たちのほうを見ながらこだまのようにそう繰り返した。

マルグリットはふたたび怒り出した。今度は半狂乱になって、弟殺しの犯人の共犯者たちと近づきになりたいのね、と言ってぼくをなじった。彼女をなだめようとして、ペドロの良心に訴えて自白させるすばらしいアイデアがあるんだと、思わず口走ってしまった。彼女は目を輝かせてぼくを見つめた。実は考えてなどいなかったのだが、五秒としないうちにいいアイデアが浮かんだので、そのことを伝えるとうれしそうな顔をした。

計画というのは、ぼくたちの友人に、ペドロと面識のないマリーという女の子がいるが、その子に彼と親しくなってもらい、相手が思ってもいない時に犯行現場の建設中のナイトクラブへ連れていくというものだった。

「ペドロが犯人なら」とぼくは説明した。「そこへ行けば冷静ではいられないはずだ。たぶん耐え切れなくなって、きっと自分が犯人だと自白するよ」

彼女は、ぼくに急いで二度もキスをした。キスをしながら、彼女はいろいろ助けてくれてありがとう、すぐにマリーに会って頼んでみるわ、すばらしいアイデアね。この恩は一生忘れないわ、と言った。そう言い終えると、あっという間に姿を消したが、今思い出しても驚くほどすばやい行動だった。

ぼくはピガール街のほうへ歩いていったが、そこには当時出演していたキャバレーがあった。そこで起こった、ぼくを深く傷つけ、それまでほとんど経験したことのないような心を騒がせる出来事が待ち受けているとは夢にも思わなかった。

ぼくは最後の演目で、カラーのところに名前が刺繡してあり、アビシニアの皇帝のつもりでいる人形に命を吹き込もうとしていた。その時、ペドロが最後列の席に腰を下ろし、ウィスキーをちびちび舐めながら興味深げにこちらを観察しているように感じた。はっきり彼の姿が見えたわけではないし、なんとも場違いなところにいるように感じたが、彼に間違いないように思われた。

ぼくの好きな人形ヤサルデは哀れなほど老いさらばえ、正気を失い、見るからに物悲しげだったので、観客の笑いを取ることは万にひとつもなかった。けれども、あの夜は最後列に座った観客だけが時々笑い声を上げていたが、それはどこまでも乾いた攻撃的な笑いだった。

　あそこに彼がいるせいで心が騒いだが、そのすぐあとで近ごろ舞台に上がるたびに気になっているぼくの仕事の敵となるあることが原因で別の悩みが生じてきた。というのも、人形たちの声がぼく自身の声とそっくり同じになってきたのだ。ぼくの場合、声という信用できない敵のせいで自分自身の声を持つことが魅力的な資質ではなく、むしろ重大な欠点、不安の材料になっている、と言っても過言ではなかった。

　なんとも厄介な敵だった。早急にその問題を解決しなければと思いながら演目を終えた。幕が降り、観客席の明かりがついたので、いつものように冷ややかに去っていく観客を見送ったが、その時にはペドロ、あるいはあの席に座っていた男の姿は消えていた。

　翌日マルグリットに会ったが、余計なことを言うと話が込み入ってくるし、あの観客がペドロだという確信もなかったので、何も言わなかった。

　単にその可能性があったというだけのことかもしれない。ぼくはあの人形、つまり幼い頃に出会った忌まわしい亡霊を使って生計を立てていたこともあって、内心やましく思っていた。ペドロが最後列の席から、アビシニアの皇帝マルティン・ヤサルデをよみがえらせたのはあまりにも配慮に欠けた行為だとぼくをとがめているように感じたのは、おそらくそのせいだろう。

　いずれにしても、マルグリットにはあの件を伏せておいたほうがいいだろうと考えた。あの日、調査はうまくいっているというので彼女は期待に顔を輝かせていた。マリーは協力してくれることになったが、彼を犯人と決めつける根拠がないというので、ぼくと同じように多少懐疑的になっていた。

ペドロはいつも悲しそうで沈んだ顔のまま家に戻っていったが、しばらくしてマリーはそんな彼に近づいた。タバコを吸わないのはわかっていたが、道を歩いている彼にタバコを一本いただけないかしらと話しかけた。そして、相手に警戒心を抱かせないようにうまく取り入った。マリーは人の心をつかむのが上手だったので、数日もすると、人の言うことをまったく信じようとせず、めったに口をきかない彼と、少しずつ話をするようになった。近くのカフェで会うようになったが、ノミと留めピンしか描くことのない、見るからに痛ましい感じのするあの画家は、深い悲しみに取りつかれていた。その原因がぼくたちも多少知っているある悲劇的な出来事に根ざしていることにマリーは気づいた。つまり、彼は青年時代を迎えるために幼年時代を捨て去ったのだが、彼自身はそのことを最大の愚行だと考えていて、そこに彼の悲しみの淵源があったのだ。

「そういうわけだから、あの人には人殺しなんてできないわ」そろそろ自分の意見を述べてもいい頃合だろうと考えて、マリーが言った。「悲しみにくれ、お金があり余るほどあるのにどうしていいかわからない哀れな人よ。はっきり言って浮かばれない霊魂みたいな人ね。知り合いの中でも一番退屈な人よ。まるでロウソクの火みたいに少しずつ消えていってるの。そのうち生きる気力を失くしたから、絵筆を捨ててこの世におさらばするよと言い出しても驚かないわ。あの人に犯罪など犯せるはずがない。心の中に棲みついている怪物に蝕まれているけど、あれは青春時代特有の病気ね、それにひどく憔悴しているし」

「今あなたは、あの男のことを浮かばれない霊魂みたいで、ロウソクの火みたいに徐々に燃え尽きているって言ったわね？」とマルグリットは尋ね、そのあと何か考えはじめた。

「ええ、言ったわ。それがどうかした？」

マルグリットは質問に答えず、そのまま考え込んだ。マリーはぼくのほうを見て肩をすくめると、ペドロのような小心な人間に人を殺せるはずがないと思い込んでいたので、その理由を並べ立てはじめた。ペドロが暗くて陰気な性格になったのは、不器用な上に現実的な感覚が欠けているからだ、と彼女は考えていた。彼にとっては幼い頃母親と一緒に散歩したのがたったひとつの楽しい思い出だった。とりわけ、母親が何気ない彼の行動を見ては、あなたは将来画家になって生計を立てていくといいわ、とつねづね言っていたのが何にもましてうれしい思い出だったが、そのせいで少年ペドロの夢見がちで、怠け癖のある性格がいっそう助長されることになったのだ。

「彼は実際よりもずっと不器用でだらしなく見えるけど」とマリーが結論として言った。「その原因はあの頃の散歩にあったのよ」

しかし、ペドロが犯人だと思い込んでいるマルグリットは、危険なことに生まれつき不器用な人間ほど、時に実際以上に自分は頭の切れる抜け目ない人間なのだと信じ込むか、そうありたいと思いがちなのよとやり返した。

ペドロには、自分が頭が切れて、抜け目ない人間であり、犯罪行為を含めてどんなことでもやってのける能力があるのだということを見せつけようという思いがあり、それが今回の犯罪の動機になっているのだとマルグリットは付け加えた。

マリーは、マルグリットが頑として自分の意見を変えようとしないことに苛立ちはじめ、今にも切れそうになっていた。ペドロには心底うんざりしているの、だからあの退屈な若者が描くノミと留めピンの絵にこれ以上お付き合いするのはごめんだわと言った。けっきょくペドロが幼い子供の首を切り落とすような人間だと思うのなら、ぼくとマルグリットの二人で何とかしなければならなかった。

「二度とあの男の顔は見たくないの」とマリーは吐き捨てるように言った。マルグリットは彼女に懇願したり、哀願したりして、あと数時間でいいから辛抱してほしい、そして彼を犯罪現場に連れていってどんな反応を示すか調べて、自分たちの疑惑を解いてほしいと頼んだ。

その時マリーが次のように言ったが、それが作り話かどうかはわからない。

「実はさっきまで彼と一緒に犯行現場にいたの。で、どうだったと思う？　あの人は顔色ひとつ変えなかったわ。あんなに平静な人って見たことがないわ。ナイトクラブのようなところに来ると、どうも気が滅入るんだと言ったけど、それだけだった。あの人はそこが犯行現場だったということも知らなかったと思うの」

マルグリットはじっと考え込んだ。ぼくは気を悪くしたのかなと思った。しかし、すぐにぼくたちに向かってこう言った。

「どうして平静でいられたかわかる？」

「さっきも言ったけど」とマリーが口を挟んだ。「あの人は自分がどこにいるのかということも、そこがあなたの弟さんの殺された場所だということもわかっていなかったのよ。何もわかってないの。頭がぶっ飛んでいるのね。それにひどく痩せているわ」

「あなたは、自分では頭の回転が速いつもりでいるんでしょうけど」マルグリットが言った。「まったくの見当違いだわ。何も見えていないのね。あの男が顔色ひとつ変えなかったのは、殺人犯はつねに犯行現場に戻っていくからよ。ペドロも例外じゃなくて、弟を殺したあともしょっちゅうあの場所に戻っていた。頭の中ではつねにあそこにいたの。ペレックの店、通り、アトリエ、どこにいてもあの男はつねに犯行現場に身を置いていた。そこから一歩も動かず、永遠のあの家に身を置いているのよ。だから、あの場所へ行っても平然としていられたんだわ」

マルグリットの言葉を聞いてひどく困惑したが、そのあとぼくは、今言ったことを警察にこれが証拠だといって話すつもりかいと尋ねた。

「私の探していた証拠がこれだったのよ」と彼女は答えた。「だけど、あの男を訴えるつもりはないわ。これからもずっとあの犯行現場、永遠の家で生き続ければいいのよ。彼の行動を見ればわかるけど、もう十分に苦しんだでしょうし、あんなに痩せ細っているもの。消えそうなロウソクの火のようにあの男の命がゆっくり燃え尽きている理由もそれで納得がいくわ。日に日に体重が減り、激しい苦痛をともなう留めピンに刺された哀れなノミに少しずつ変貌していくのを見るのが楽しみなの。警察に訴えたりしたら、その楽しみが奪われるでしょう」

3

両親は、アイルランドへ長期間旅行をするのがみんなにとっていちばんいいことだからぜひ行くように、と懸命にマルグリットを説得した。最初はしぶっていた彼女もようやく重い腰を上げることにしたので、ぼくはパリにひとり残された。実を言うと、内心ほっとしていた。これで自分のためにも、また毎日腹話術師として舞台にのぼるたびにミスを犯してしまうという深刻な事態に早急に対処するためにもより多くの時間が割けると思ったからだ。

毎朝、マルグリットから手紙が届いた。彼女は読むだけでいらいらするような文章でペドロの肉体的変化についてしつこく尋ねてきたが、それに対して短く、当たり障りのない返事を書くのが午後の儀式になっていた。夜、キャバレーから戻ると、自分の地声とは違う声を出す練習をしたが、どうしてもうまく行かなかった。いくら頑張っても、自分の声との格闘が報われることは(まったくと言わないまでも)ほとんどなかった。

その後もぼくはペレックに足繁く通い、たいていはひとりで自分の考え出した遊びをした。遊びというのは、フランスの歴史上名高い人物によく似た人を通行人の中から探し出すというものだった。

ある午後のことは今でもはっきり覚えている。最初に怒り狂ったドラクロアを見つけたが、あれはアルジェリア人だったのだろう。次に口ひげのないモーパッサンが通りかかり、その後ヤギそっくりのヴォルテールが通った。次いで、コンクリートで固めたような髪型にルイ十四世のような顔立ちをした女性が通った。最後にサルトルにそっくりの人が通りかかったが、その後を追うようにして本物のサルトルが通り過ぎていった。

通行人の中にそっくりさんが次々に現れてきたが、そのうちペドロがやってきて、無口な仲間のところへ行って腰を下ろした。

ペドロの姿が視野に入ったので、ぼくは遊びをやめた。たぶん、彼が歴史上の人物の誰にも似ていなかったせいだろう。いや、あの午後のことをこんなにはっきり覚えているのは、むしろ突然真っ赤な旗が現れて、その後ろを大勢の人が黙々と歩いているのに驚いたせいにちがいない。ぼくはあっけに取られてその様子を眺めた。あの時はまだ理解できなかったが、その後フランスで五月革命と呼ばれる騒ぎの最初の兆候がそれだった。

最初のうち、ぼくは騒乱に積極的に加わり、学生でもないのにそのふりをしていた。警官に敷石を投げ、バリケードの中で腹話術をする（といってもうまくいかなかったが）のが楽しみだった。総じてとても幸せな日々だったが、やがて一連の奇妙な不幸に見舞われることになった。

ある夜、あちこちで火の手が上がる大通りをぼくたちは走っていた。警官がすぐ後ろに迫っていた。理由はわからないが待ち伏せしていたペドロが、ぼくの姿を見たとたんに街角から姿を現して一緒に走りはじめた。すぐに身体が接触してぼくはアスファルトの上にうつぶせに転倒してしまった。おかげで、追いかけてきた警官たちに警棒で袋叩きにされた。

あの夜、ペドロはぼくが通りかかったら倒してやろうと待ち構えてでもいるように街角に身を潜めていたわけだが、本当のところは何が狙いだったのだろう。病院にいる間ぼくはそのことばかり考えていた。ペドロは政治嫌いで、ひどく臆病なところがあるから、デモに参加したところで何も得るところはないはずだ。

そんなことを考えているうちにうんざりしてきたので、数日前に考え出したあの遊びをしてみようと考え、医者、あるいは看護師の中に歴史上の人物に似た人間を見つけ出すことにした。入院中は、昼過ぎに決まって奇妙な感覚に襲われたのを今でもよく覚えている。静かなまどろみの中で、誰かがどこかでぼくの息の根を止めようとして、クモのようにそっと隙をうかがっているように思えてならなかった。

ようやく退院の許可が出たが、その時はもう五月革命は終わっていた。ぼくとしては入院中のことでもあり、奇妙な具合にペドロとぶつかったばかりに祝祭、反乱、それに絶叫もできる得がたい機会が奪われたことを残念に思うしかなかった。

医者、看護師、ぼくを見張っているのを気取られまいとしている警官とも別れを告げて、まっすぐ家に戻った。家に着くと、郵便受けにキャバレーの支配人からの手紙が届いていて、そこにはもう店にこなくていいと書いてあった。それを見て、不幸は連なってやってくるという言葉を思い出した。もう一度使ってもらえないかと期待してピガール街に足を運んだが、考えの甘さを思い知らされた。不幸はつづき、楽屋に入って身の回りの物を片付けようとした時に、人形のヤサルデがエメラルド・グリーンの箱から外に放り出されてうつぶせになっているのに気がついた。乱暴に投げつけられたせいだろう、鼻がひしゃげていた。

一時間後、家に戻ると思いもかけないことが待ち受けていて、ぼくの不安は増大した。ドア・マットのところにピンク色の包み紙があり、中に切り落とした爪と髪の毛が入っていたのだ。匿名の人間が送りつけたあの呪わしい贈り物のせいで、新たな不運に見舞われることになった。

数分後、タバコを買いに出かけようとしたところ、階段の上から転げ落ちてしまった。頭に大怪我を負わせてやろうと、ぼくが足を踏み出すところに誰かがわざとバナナの皮を置いたのだ。

またしてもぼくは入院する羽目になった。ようやく怪我も癒え、退院という日の午後には誰が磨き上げたのかわからないトイレで足を滑らせて激しく転倒し、さらに二カ月間入院することになった。

加えて、ぼくにとっては人生で唯一の喜びだったマルグリットとの文通が途絶えてしまった。というのも、彼女が手紙で近々ダブリンの料理人と結婚することになったと書き送ってきたのだ。ぼくは疑心暗鬼になり、心に深い傷を負ったために、もう二度と返事を書くまいと心に決めた。ダブリンに宛てて別れを告げる葉書を送ったが、そこに次のように書き添えた《きっと誰かが細い糸を操って、ぼくが数々の災厄に見舞われるように仕組んでいるにちがいない》。

ようやく退院の許可が出たので外に出られたが、二度と事故や災難に遭わないよう、細心の注意を払って歩いた。ペレックの前を通る時に、もしペドロに会ったら、もとはといえばあの時ぶつかったばかりに数々の不運に見舞われるようになったが、どうしてあんなことをしたんだと問いただすつもりでいた。

しかし、ペレックには無口な男たちの姿はまったく見あたらなかった。彼らは店を変えて、そこから百メートルばかり離れたオルレアンに集まっていた。その店には捜している人間を除いていつものメンバーが全員顔をそろえていた。ぼくは食って掛かるようにそばに行くと、ペドロのことを尋ねた。誰もが物思いにふけっていたが、無口な男たちの中ではいちばんよくしゃべる男が二人きりで話をしようと身振りで伝えてきた。

少し離れたところに行くと、男はペドロと君が昔親しかったという話は聞いている、だからペドロがどうしてあんなおかしなことになってしまったか、心配なのはよくわかるよと言った。

「ペドロの病気について」と彼が言った。「話しておいたほうがいいと思ったんだ。君は昔の友人のことをとても気にかけているようだし、君の見上げた態度を見ていると、やはり話しておくべきだと思ってね。仲間たちは思索の邪魔をされるのを嫌がるので、話せる人間はぼくしかいないんだ。連中とちがって、ぼくだったら二、三分くらいなら時間が取れるからね」

礼を言うと、彼は話を続けた。

「このところずっと具合が悪かったので、ペドロは気分転換にどこか遠い土地へ行こうとしているんだ。今頃、家で旅行の準備をしているはずだよ。明日、南の暖かい土地へ発つらしい。先だってぼくを捕まえて、誰かに追われているような気がするんだ、それとわからない形で相手に反撃を加えて、痛手を負わせてやろうと思っていると言ったんだ。もう気づいていると思うけど、彼は今狂気の一歩手前のところにいる。それがぼくには気がかりなんだ」

バルのカウンターで一杯やらないかと彼に言って、店に入った。しばらくの間無口な男たちの中でいちばんよくしゃべる男の話に耳を傾けるのもやめて、海風と遠い土地の気候のおかげで生まれ変わったようになっているペドロを思い浮かべた。

「しばらく前に」無口な男たちの中でいちばんよくしゃべる男が言った。「子供時代の話をしている時に、ペドロが、実は生まれた時、後頭部がひどく大きくて尖っていたので、産婆さんは彼のことを化け物だと思ったという話をしたんだ。たぶん、そのことが彼の人生を決定づけたんだろうな。それがどう影響したかは知らないけど、少なくとも旅に出れば今の精神状態から抜け出せるように思う。この町から遠く離れない限り、たぶんよくならないだろう」

「たしかに」とぼくは言った。「彼は精神状態がおかしくなっているね。というのも、後頭部がとても大きくて尖っていたのはぼくなんだ」

「えっ！」とよくしゃべる男が言った。

ぼくたちはビールを飲み干すと、話すこともあまりなかったので別れを告げた。さっき聞いたことや自分の考えたことを頭の中で整理しながら家に戻ると、郵便受けにまたしてもピンク色の包みが入っていた。中身を見る気になれず、あわてて捨てた。しかし、また新しい不運、災厄が襲ってくるのではないかという不安と恐怖は消えなかった。

ベッドに横になり、さまざまな恐怖にとらえられて（ひょっとすると天井が落ちてくるのではとか、頭のおかしいペドロがドアをノックするのではないかとまで考えた）長い間体を動かすこともままならなかった。しかしそのうちに、こんなことをしていてはだめだ、真正面から不運に立ち向かったほうがいいと考えた。人の大勢いるカフェに行けば、知り合いなり、ふたたび不幸な目に遭うのではないかという不安を消し去ってくれる誰かに会えるかもしれなかった。

モンマルトルへ行き、クリシー広場の、客の大勢いるカフェに飛び込んだ。不愉快な目に遭うかもしれないと思ったが、逆に少しばかり幸運に恵まれた。まわりには退屈そうにしている客が大勢いたが、大半は観光客だった。その時風が吹き込んできたので、そちらに目をやると、誰かがドアを開け放っていた。文句を言おうとしたら、若い女性が飛び込んできて、そばを通ってぼくの真向かいに座った。その女性も観光客だった。カメラを持った彼女はぼくの前で絵葉書を書きはじめた。美人だが、品のない感じがした。頭に縞模様のターバンを巻いているのが気になった。彼女はぼくのほうを見ようともせずボーイを呼んで、パスティス［ウイキョウなどで香り付けしたリキュール］を頼んだ。

その時、年寄りのカップルが店に入ってきた。バイオリンをもった男の横で、女が歌をうたわせてもらってもいいだろうかと尋ねた。店の主人が、いいよ、というようにカウンターのところからうなずいた。《ラ・ヴィ・アン・ローズ》の歌が店中に響き渡った。あの歌を聞くといつも気分がよくなり、しかもこれまでも決まって幸運が訪れてきた。

ぼくはワインを飲み干すと、大きな声でこう言った。

「この歌を聞くと、本当に気持ちが安らぐな」

また不幸なできごとに見舞われるかもしれないという不安があったので、それを追い払うために言ったのだ。

「私は悲しくなるの」と若い女の観光客が言った。

「どうして？」思いがけない反応だったが、とりあえず言葉を返した。

「パリに着いてから、何を見聞きしても悲しくなるのよ」

「だけど、いろいろ見るものがあるだろう」とぼくは応じた。「たとえば、モンパルナスとか」

「時間がなくてまだ行ってないの」

「きっと気に入ると思うけどね。ぼくはあの地区に住んでいて、あのあたりのことならなんでも知っているから、案内してあげてもいいよ。そうしたら、きっと悲しい気分なんて吹き飛んでしまうよ」

彼女はひどく芝居がかった態度でこう言った。

「そんなことはありえないわ。だって、小さい頃から自分は悲しそうな顔をした陰気な女の子になるんだって固く心に決めていたんだもの。何であれ、誰であれ、私が自分で選んだこの暗くて陰気な性格を変えることはできないわ」

パリに着いてから暗く悲しい気分になる傾向がいっそう強まったのだとぼくに説明した。ぼくたちはこの町のこと、灰色の空、川にかかった橋、この町の詩人たちについて話し合った。三十分ほどすると、突然こう言いだした。

「ねえ、あなたの好きなモンパルナスへ行かない？」

地下鉄で彼女は自分のことをいろいろしゃべったが、好印象を与えたいと思って、いいかげんな作り話をしているように思えた。名前はジャンヌ・ドリゾン［地平線のジャンヌという意味に取れる］（美しいがまずありえない名前だった）と言い、女伯爵の称号を持っていると言っていた。一年前、カリブ海にある祖国の島で両親と姉妹の家族全員を飛行機事故で亡くした。以来、魅惑的な熱帯の土地から逃がれて旅をしているが、旅行の目的はたったひとつ、偶然足を踏み入れたすべての町の精神病院を訪れることだった。自分の人生に降りかかった不幸を一時でも忘れられる方法があるとすれば、それしかないと彼女は信じていたのだ。

「悲しみを逆に楽しんでいるんじゃないの？」とぼくは尋ねた。

「私は組織された悲しみの内的な宇宙なのよ」と言った。その言葉は自然に出たものではなく、むしろどこかで覚えこんだもののようだった。そう言おうとした時に地下鉄の駅に着いて、そこで竹馬に乗った曲芸師の賑やかなグループに出くわした。彼らは仮装衣、あるいは道化師の衣装をつけ、ブハラ［ウズベキスタンの都市］ものの逸品と書いたポスターが貼ってある、大きな絹のガウンの周囲でダンスをしていた。

「きれいな街ね」と彼女が言った。ぼくは自分の家を指さして、あそこの窓からだと街全体を見渡すことができるよと言った。目の表情を読み取ろうとしたが、彼女は返事をしなかったし、こちらを見ようともしなかった。焦ってはいけないと考えて、あわてて、まあ、ぼくの家にはいつだって行けるけどねと言い添えた。

夜の遅い時間だというのに常連客でひしめきあい、タバコの煙がもうもうと立ち込めているペレックに入った。どうすれば彼女と寝られるか、そればかり考えていた。ほかのことなどどうでもよかった。ワインのボトルを注文し、君は絶望して世界中を旅しているけど、その間に訪れた精神病院はどうだった、とジャンヌ・ドリゾンに尋ねた。

彼女は、自分が訪れたヴェネチアの精神病院で出会った、あごひげに白いものが混じっている患者の話をしてくれた。その患者は、自分が肉体的に荒廃する危険があるのは老化ではなく、古代人の建てた宮殿だからだと言っていたそうだ。

ぼくは興味を持って熱心に話を聞いているふりをした。精神病に関する話が途切れたところで、ぼくは自分の仕事、つまり声を変えて、観客をだます芸の話をした。

ちょっとした芸を見せてやろうと思い、カウンターにいるウェイターがぼくを通して歌をうたっているように見せかけようとした。しかし、うまくゆかず、恥をかいただけだった。またしても地声がぼくの最大の敵になったのだ。失点を取り返そうとして、今度は挫折した腹話術師の話を二つばかりして、彼女の心をとらえようとした。

「いいお仕事だけど」と大きな声で彼女が言った。「今風じゃないから受けないと思うわ。なんと言うか、古臭い感じがするの」

反論するつもりで彼女の甘ったれた声を真似しようとして、またしくじった。気味の悪い雄鶏のような声しか出なかったのだ。何度も試みたが代り映えせず、そのせいで声が少ししゃがれて、自分の地声と違う声になった。

「女伯爵というのも少し古臭くない？」とぼくは言ったが、その声は前々から人形ヤサルデの声にしたいと考えていたものにそっくりだった。

彼女はウェイターたちが椅子をテーブルの上に載せている様子や、そろそろ店が閉まるというので、客の話し声が熱を帯びてとげとげしくなっているのに気をとられて、ぼくの話を聞いていなかった。

「まるで子供みたいだね」とぼくは少しかすれた震える声で言った。

「私は少女をひとり殺したの。青春時代を迎えるために、自分の中に棲みついていた少女を殺したの。とても辛い体験だったわ、本当よ」

彼女の言葉がペドロの声の金属的で鈍いこだまのようにぼくの耳を打った。その驚きから醒めないうちに、彼女がワインのグラスを傾けて、いかにも男心をそそる口調でこう言ったので、またしてもびっくりさせられた。

「ねえ、街全体が見渡せるというあなたの好きな窓のあるところに行きたいんだけど」

家の玄関のところで三度目の驚きが待ち受けていて、しかし今回は不愉快な驚きだった。というのも、誰かが郵便受けに差し込んだピンク色の小さな包みが目に入ったのだ。どうせまた爪と髪の毛を切ったものが入っているんだろうと思って、ひどくいらいらして封を開けると、なんと中には腐りかけた舌が入っていて、ピンで留めた紙切れにはこう書いてあった。《これは猫の舌だ》。ジャンヌ・ドリゾンに気づかれないようにうまく隠し、さりげなく包みを通りに投げ捨てた。彼女は、手紙が届くといつもそうしているのと尋ねた。

「ファンからの贈り物にうんざりしているんだ」とぼくは答えた。

ついで四番目の驚きが待ち受けていた。アパートの部屋に入ると、彼女は抱きしめるどころか、キスさえ許してくれなかった。それまでの態度が一変し、信じられないほどの力でぼくをはねつけた。

「あなたがこんなことをするなんて思いもしなかったわ。正直言って、がっかりね」

ぼくは必死になって苦しい言い訳をした。彼女は窓のところまで行ったが、そこから外を眺めようとせず、怒りを込めて窓に映るぼくをにらみつけるとこう言った。

「あなたってほんとに能天気な人ね。物事って、たいていは見かけどおりじゃないのよ。たとえば、友人の誰かが私と組んであなたを笑いものにしようと考えて、うまく行ったら贈り物、それも素敵な贈り物をやると約束したかもしれないじゃない、そんな風に考えたことはないの?」

「一体誰がそんなことを思いつくんだい?」といくぶん怪訝な思いでぼくは尋ねた。彼女が返事をしなかったのを見て、声がすっかりしゃがれていて、何を言っているのか聞き取れなかったのだろうと考えた。しかし、そのあとすぐに彼女が向き直ってこう尋ねてきたので、言ったことがちゃんと伝わっているとわかった。

「つまり、あなたに不愉快な思いをさせようとしたのが誰なのか知りたいってことね。そうでしょう？　それなら簡単よ。私を落としやすい女だと思わせて、あなたがその気になったところで思いっきり冷や水をぶっかける、そうするのが楽しくてしかたないって人がいるのよ」

彼女はぼくと愛し合いたくないので、言い訳代わりにそんなことを言っているのだろうと考えた。しかし、その逆のことも考えられた。もしかしたら彼女は、ぼくの気持ちをいっそう掻き立てるためにわざと気を持たせてあんなことを言ったかもしれない。そう考えてもう一度迫ったが、彼女はぼくの胸ぐらをつかんで乱暴に揺さぶると、両頬を思いっきりひっぱたいた。倒れそうになり、思わずつかんだカーテンがぼくの上に落ちてきた。

ぼくはすっかり混乱して立ち上がると、何か聴きたい音楽はないかい、と尋ねた。何も聴きたくないわという返事が返ってきた。どうしていいかわからなくなって窓の外をのぞいた。すると、カールした黒い髪の、背の高い若者の姿が見えた。その若い男はディドロ街の街灯にもたれかかってぼくたちの様子をうかがっているようだった。もっとよく見ようと目を凝らした。いくぶんこわばったような体つきとアスファルトの道路に不安定な格好で立っている姿を見て、あれはペドロにちがいないと考えた。しかし、夜であたりは暗く、遠く離れていたこともあって、はっきり見ることができず、間違いなく彼だという確信までは持てなかった。いずれにしても、このあたりでぼくも切れて怒りだしてもいい頃だと思ったが、どう切り出せばいいかわからなかった。

「音楽は聴きたくない、ぼくと一緒にいたくない、かといって窓から外を見ようとするわけでもない、じゃあ君は一体何のためにこの部屋に来たんだい？」

　彼女は落ち着き払った態度で新しいタバコに火をつけると、にっこり笑い、ターバンをまっすぐに直すとこう言った。

「あなたって本当に頭が悪いのね。ねえ、腹話術師さん、さっきも言ったけど、この部屋に来たのはあなたの欲望に火をつけて、そのあと冷や水を浴びせるためだったのよ」

　そう言う彼女の口ぶりはカリブの女伯爵に備わっているはずの上品さとはおよそ無縁で、ひどく品のないものだった。もう一度窓から外をのぞいてみた。こちらの様子をうかがっていた男は夜の闇の中に姿を消していた。

「ところで」とぼくは言った。「君はペドロを知ってる？」

　彼女はタバコの火を消すと、明らかにぼくをからかってやろうというようにこう言った。

「あなたの耳、何だか気味が悪いわね」

　そう言って首を伸ばした。

「ペドロを知っているのかい？」ともう一度尋ねた。

「ポリエドロ［多面体という意味で、ペドロをもじった言葉遊び］」という返事がきたが、ぼくはバカにされたような気持ちになった。

「いいかげんにしろ」とぼくは大声で言った。「ただでは済まさないぞ。強姦ならお手のものだ。おい、聞いているのか？」

　彼女はいっこうに動じなかった。新しいタバコに火をつけると、煙をふーっとぼくの目に向けて吹きかけ、挑みかかるような口調で、ねえ、いいこと、気をつけないと、今までもいたぶってあげたけど、もっとひどい目に遭わせることもできるのよと言った。シニカルで自信にあふれたその態度にすっかり毒気を抜かれてしまった。彼女に付き添ってタクシー乗り場まで行ったが、最後になって弱気になり、いずれまた会えないだろうかと言ってみた。

「さあ、どうかしら」と彼女は言った。「さっき言い忘れたんだけど、明日マルセーユに行くの。向こうにはとても興味深い精神病院があるの。あそこならあなたも気に入ると思うけど。じゃあね（チャオ）。ゆっくりお休みなさい」

タクシーが走り去ると、ゆっくり近づいてくる車のライトが目に入った。その車が突然スピードをあげてぼくを轢こうとしたので、本能的にパッと後方に跳んですんでのところでかわした。それでも歩道に倒れ込んだので、少しあざができたが、心に負った傷はもっと深かった。あの車は間違いなくぼくを轢き殺そうとした。

その夜は熟睡できなかった。悪夢の深い穴に落ち込んだ。最初は蛆虫の奏でる音楽に合わせてダンスをしている猫の舌が現れた。そのあと舌はタクシーに乗った。料金を払うのを拒んだ時、舌は黒いスモーキング姿の人物になっていたが、よく見るとそれはまさしく腹話術師に姿を変えたペドロで、ジャンヌ・ドリゾンにそっくりの人形をけだるそうに動かしていた。人形はペドロの声の金属的で鈍いこだまのような声を響かせながら、青春時代の病気がもたらす深い悲しみについて語っていた。

突然強烈なライトがペドロを照らし出した。彼は真っ赤な帽子を振り回し、押さえきれない強い憎しみを込めてこちらを睨みつけながらゆっくり近づいてきた。そして、ぼくのそばにしゃがみこむと、耳元でこうささやいた。

「おれはお前をパチンコで狙っている幼い犯罪者で、お前は背中にイボイボのある、気味の悪い大きなヒキガエルってわけだ。おれが狙いを定めて手を離すと、石がお前に向かって飛んでゆく。お前の声は今ではもうおれのものだ。もしお前に勇気があるのなら、おれがしているようにお前もおれの声を真似るがいい。そして、おれを捜すんだ。すでに見つけだしていたってかまわないから、おれを捜すんだ」

ぼくはひどく動揺して真夜中に目を覚ました。天井に塗ったペンキが剝がれ落ちて、アスピリンを飲もうと用意してあったコップの水の中に落ちた。次々に嫌なことが起こるので、思わず目を閉じた。もう疑う余地もなければ、あれこれ思い悩む必要もない。マルグリットの弟を強姦し、首を切り落としたのはペドロだ。ソルボンヌの前でわざとぼくにぶつかったのも彼なら、ピンク色の包みを送りつけてきたのも彼だ。頭に大怪我をするようにとバナナの皮を置いたのも彼なら、明け方すべって転ぶようにと病院のトイレの床をぴかぴかに磨き上げたのも彼だし、アビシニアの皇帝のつもりでいる人形をうつぶせの格好で投げつけたのも彼だ。また、女優を雇ってぼくをからかい、車で轢き殺そうとしたのも彼だ。

すべては彼の仕業だったのだ。誰かが闇の中で悪意の糸を操ってぼくの運命を狂わせようとしていると考えたが、その通りだった。すべては彼の仕業だった。なぜ彼がぼくを特に憎むようになったのかわからなかった。たぶん理由などなかったのだろう。人類に対する激しい憎悪を、誰でもいいからひとりの人間にぶつけようとして、ぼくを選んだのだ。

しかしそんなことはどうでもよかった。問題はぼくが誰かに憎まれていることで、これは軽々しく見過ごすわけにいかない。そんなことを考えているうちに、ふとさっきの悪夢が自分のきわめて個人的な何かを奪っていったように感じた。

明かりをつけ、涙滴型のクリスタル・ランプの下で人形を前にしゃべってみた。やはり思ったとおりだった。間違いなくきわめて個人的なものが失われていた。ぼくの声はもはや以前のものではなかった。奇妙な具合にひずみ、前よりも多様な音域を持っていた。

ぼくは自分の声を失ったのだ。

恐怖とアスピリンによるあの夜の、今にも崩れ落ちそうな瞬間に、誰ともしれない者たちが、なぜぼくのもとに駆けつけたのか見当もつかなかった。しかし、誰かがぼくの家の中で自分の人生の断片を語るさまざまな人物たちの声を呼び集めてくれたことは間違いない。

仕事上の最大の敵から逃れることができた。というのも、自分の声がもとに戻ることはなく、しかも同時に別のいくつもの声を出せる模範的と言ってもいい状態になった。つまり、あの夜以降人形たちの声は、それぞれ異なる人生体験を楽しむという贅沢を味わえるようになったのだ。

今では、ぼくはひとりの人間であると同時に多くの人間でもある、と自分に言い聞かせた。真夜中のパリで、物事がぼくにとっていいほうに変わりはじめる予感がして、全身が心地よく震えるのを感じた。

事実その通りになった。というのも、翌日になると曇り空で凍てつくように寒い中、うれしいことにぼくを憎んでいた男がスーツ・ケースを提げて、パリから出て行ったのだ。そして、彼と一緒にぼくに取り憑いていた忌まわしい影も姿を消した。きっとそうにちがいない。というのも、あの日を境に、たてつづけに起こっていた奇妙な災難がぷっつり途切れたのだ。もちろん、その後もいろいろトラブルはあったが、徐々に間遠になり、何が起こるか予測もつかないといったたぐいのものでなく、常識の範囲で理解できるものになっていった。

すべてが一変し、運命の女神まで微笑んでくれるようになった。自分の敵から解放されたおかげで、ぼくの芸に一段と磨きがかかり、アントワーヌ座から声をかけられ、腹話術師として高い評価を受けるようになった。地味なものではあったが、確固たる名声を得て、国際的にも多少成功を収めることができた。ぼくを憎んでいたあの男は救いの神でもあったのだ！　どれほど彼のおかげをこうむったかしれない！　ぼくが得た情報では、彼は現在南太平洋の離れ小島で暮らしているらしい。向こうでは、収集家たちが根拠のない憎悪を詰め込んだ銀の小箱を自慢の種にしているらしいが、たぶんそんな箱のひとつにぼくの声がしまい込まれていることだろう。

別の怪物

一晩中、一睡もできなかった。列車で旅行するときはいつも眠れないのだが、あの時はいつもと様子が違った。寝台車の明かりが消えたとたん、暗闇の中に目障りで執拗な光が現れたのだ。それは神秘的で物悲しく、綿のように淡く消えてしまいそうな灰色がかった光で、遠くには霧が厚い層をなしていた。その陰鬱な光は、絵画の中でさえ見たことがなかった。

朝の光が射しはじめると、私は登場人物が経験を通して鍛えられていく、あるいは成熟してゆくたぐいの教養小説の中に逃げ込んだ。それは実のところほかと選ぶところのない単なるお話、いいかげんな作り話でしかなく、というのも（今だから言えるのだが）経験というのは何の役にも立たないからだ。

朝の十時ごろサン・セバスティアン［スペイン北東部の町］に着いた。手紙に書いてあったように、駅には誰も迎えに来ていなかった。奇矯な感じのする人物がむずかしい顔で絵を描いていたので、私はしばらくその男を観察した。男は目に包帯を巻き、駅前の古いホテルを描こうとしていたが、荒っぽい筆遣いで描かれている絵は、どう見ても根元から切り倒された木の株にしか見えなかった。

私は気づかれないようにそっと笑ったが、その時ふと二十年前にセウタ［アフリカ大陸北部にあるスペインの飛地領］で似たような経験をしたのを思い出した。兵役に就いていた時のことで、サングラスで目を隠した軍人が自分の銃殺刑の絵を描いていたのだ。

霧雨に濡れるのが嫌だったので傘をさし、手紙に描かれた地図を開くと駅をあとにしてイゲルド山のケーブルカーのほうへ歩き出した。

何となく不安を覚えたのは、フリオから届いたあまり前向きな気持ちになれない手紙のせいだった。《二十年間ぼくを放っておいて、今頃になって会いにくる決心をしたんですね。まあ、好きにすればいいでしょう。エステファニーア別荘までの道順を書いた地図を同封しておきます。そこでぼくの歓待だけでなく、怒りの鞭が待っていることをお忘れなく》。

十七歳の少年が書いたにしては、悪くない手紙だった。そんなことを考えているうちに、ケーブルカーのふもとの駅に着いた。狭くて人気のない通りを上ってゆくと、左右に取っ手のついた大きな石造りの壺があり、そこから二本のサボテンがらせん状に伸びていた。フリオが地図に描いたとおりだった。その向こうに物悲しくて堂々とした建物が見えた。数頭のマスティフ犬に守られたぞっとするような鉄柵を越えて先へ進んだが、驚いたことに犬は私に敬意を払ってくれた。家のそばまで行くと、全身ずぶぬれになった若者が木陰から飛び出してきて、アパッチの歌らしい曲を口笛で小さく吹きながらいっしょに歩きはじめた。

すぐにフリオだとわかった。あいさつしたが、こちらを見るどころか返事もしない。そのまま口笛を吹きながら、小径に積もった枯葉を乱暴に蹴飛ばしながらじぐざぐに歩いていった。それまでに目にした四枚のフリオの写真から想像していたイメージとさして変わらない。首筋のところでまとめた豊かな髪はくすんだような黒っぽい色をしていた。目は大きくて丸く、今にも飛び出しそうな感じがしたが、そのせいでガラスのように透き通った肌はいっそう際立っているように見えた。あまりおしゃれはしていない。背が高く頑丈そうで、身のこなしはきびきびしていて神経質そうな感じがしたが、無邪気そうな独特の外見は母親にそっくりだった。

口をきかないのは勝手だけど、そう突っ張るんじゃないよ、と私はまずやんわりたしなめた。

「人と口をききたくない日もあるんだ」と突っかかるような口調でそっけなく答えた。

「しばらく会わないうちに大きくなったな」距離を縮めようと、私は穏やかにそう言った。「歳のわりには背がとても高いね。私は背が伸びるまでにひどく時間がかかったんだ。世代が違うせいかな……」

「何をしに来たの?」

私がエステファニーア別荘に来たのは、エレーナの死後のことを知りたかったのと、フリオが母親を亡くしたあとどうしているかやはり気になっていたからだ。しかし、そのことは口に出さず、綿のように淡く消えてしまいそうな灰色がかった神秘的な光のせいで、バルセローナを出てから一睡もできなかったという話をした。

「そんなくだらない話はどうでもいいよ」と彼はぴしゃりと言った。「どうしておかしな日傘をさしてここに来たのか尋ねているんだ」

「これは日傘じゃなくて、雨傘だよ」

「ぼくは気が短いんだ。もう一度訊くけど、ここへ何しに来たの？」

物わかりの悪い奴だ、だったらこちらもはっきり言わせてもらおう。

「君には忠告が必要だと思ってやってきたんだ」と私は言い返した。

《人生経験のある私が来たんだから……》という父親めいた言葉の響きが、彼の内部に潜んでいる野生の猛獣を手なずけでもしたかのように戸惑った表情を浮かべ、小径に落ちている一枚の枯葉の前でやさしく体をかがめた。私は忠告することで彼の信頼を得られるだろうと考えた。

「誰とも結婚するんじゃないよ」とあとで忠告するつもりでいた。

しかし、その言葉を口にしたのは家の玄関に着いた時だった。それまでは彼の母親のエレーナの話をしていた。

「あの人はとても頭のいい女性だった」と私は言った。「性格的には多少過激なところはあったけれどね。信じてもらえないだろうが、私はあの人を愛していた。心から愛していたんだ。しかし、一緒に暮らすことはできなかった。セウタでも、その後のバルセローナでも努力してみたんだが、結果は惨憺たるものだった。だからといってあの人を愛していなかったわけじゃない。それどころか、心から愛していたよ」

フリオはつかみどころのない地平線に視線をさまよわせながら私の話を聞いていた。

「これだけは言っておきたいんだが、君が生まれた時、この分なら何不自由なく暮らしていけるだろうし、育ててくれる人も申し分ない人だとわかった。だからお母さんと別れたんだ。けっきょく、子供というのは母親のものだからね」

「言い訳じゃないか」といくぶんつっけんどんな口調で言った。

「言い訳じゃないよ、フリオ。これから君に伝えるいくつかの真実はぞっとするようなものかもしれない。しかし、どうしても伝えておかなければならないんだ。たとえば、この世界は決してバラの花びらを浮かべたハーバル・バスのようなものじゃない。エステファニーア別荘と違う土地での暮らしは、ぞっとするほど無味乾燥で厳しいものだよ」

「言い訳じゃないか」とまた言ったが、口調は少し穏やかになっていた。

家の玄関に着いた時には、彼のとりつく島がないほどとげとげしい態度は消えていた。それまでうるさく忠告を与えていた私は、どんなことがあっても誰とも一緒に暮らすんじゃないよと付け加えた。

「けっして一緒に暮らすんじゃない、いいね。相手が誰であっても一緒に暮らしちゃだめだ。私たちはひとりで生きているし、死ぬときもひとりだから、ひとりで生きることを学ばなければならないんだ」

ドアを開けたとたん、執事がフリオに服を着替えられますかと訊いた。私はその機会をつかまえてまた忠告した。

「体が濡れていると」と私は言った。「風邪をひくから着替えたほうがいい」

私の忠告にうんざりしはじめているようだった。

「わかった」と彼は言った。「着替えるよ。でも、その前にあなたに部屋を見てもらいたいんだ」

ひどく明るい部屋に案内されたが、そこには私がセウタで描いた退廃的な感じのする若者の絵がかかっていた。趣味の悪い水彩画で、私の知る限りエレーナが私の思い出の品として残した唯一のものだった。

午前中の大半はスーツ・ケースから荷物を取り出し、ペッパーを入れたウオッカを飲んで過ごした。そのうち頭がぼんやりしてきたので、水道の蛇口の下に頭を突っ込む羽目になった。昼食の時間になったので、ダイニングルームに下りてゆくと、ピアノの前でフリオはつば広の帽子をかぶった若者の顔を何度も描き直していた。その肖像画の東洋人風の悲しげな目元を描こうとしてどうしてもうまくいかなかったのだ。とりわけ、引きつったような笑みが時にうつろになったり、傲慢になったり、あるいは愚かしいものになったりしてうまく描けないので、そのたびにやり直していた。

私の目の前でまだ大人になり切っていない若者の肖像を十枚ばかり描き直した。しかしそれらはいずれも代り映えせず、またそのデッサンはいつまで経っても完成することはないだろうし、さらに言えばかわいそうなフリオにそっくりだった。彼もいつかは大人になるだろうし、デッサンもいずれは完成するだろうが、それまでにはまだ時間がかかりそうだった。

「大人になるというのは」と私は言った。「とても危険なことで、ほんの一握りの人しか成功しない。闘牛士と同じで、なかなかなれるものじゃない。そして、そのためには人並みすぐれた勇敢さが求められるし、最後には墓場が待ち受けているんだ」

お酒を飲みすぎたんじゃないの、と咎めるように彼は言った。酒を飲むにもそれなりに勇気がいるし、自分なりに命がけで飲んでいるので、そう言われてむっとなった。

「いいかい」と私は言った。「そのデッサンが完成するとしたら、それは君が時間と挫折によって鍛え上げられた大人になった時だけだ。ただし、そこにたどり着くまでにあまりにも多くのものを愛しすぎ、またあまりにも多くのものを求めすぎたために、自分というものを使い果たしてしまっているだろうね。さて」と私は酔ったふりをして言った。「ピカソ君、落日（オカソ）をグラスに入れて持ってきてくれないか」

「自分が大人になれるかどうかわからないけど」と彼はひどく腹を立てて言った。「今のところデッサンを描いているだけでなく、ぼくは詩人でピアニストでもあるんだ。言うまでもないけど、時間と挫折に鍛えられてただの腹話術師になったあなたよりもずっといろいろなことができるんだ。あなたにもわかると思うけど」

「わかるかだって？」私はひどく傷ついて言った。「君に何がわかる？　お坊ちゃまに何がわかる？　何もわかっちゃいないよ。この先のことだって、何が待っているかもわからないくせして、生意気なことを言うんじゃない」

彼が困惑して黙り込んだので、私は声をやわらげ、なだめるように言った。

「何を考えているんだ、フリオ？」

「さっき挫折という言葉を使ったけど、本当は時間と成功に鍛えられたというべきだったんです、すみません」

「そのほうがいい……。で、今……何を考えているんだね、フリオ？」

「今は何も。そう立て続けに尋ねられても」

「だったら、考えるんだ」私はまたかっとなって大声で言った。

「あらゆることを考え、手遅れになる前にあらゆることを試してみるんだ。死ぬまでに自分が誰なのかを知るようにつとめなければならない」

しかし今度はフリオは動じなかった。私の忠告を裏返しにしておぼえたと言って、そらんじてみせた。

「つとめなければならない、知るように、自分が誰なのかを、死ぬまでに」

それを聞いて少し切れかけ、怒りで顔が歪んだ。フリオは平然とお昼にしようと言い、そういう下らないことを言うのは、きっとお酒の飲みすぎだね、とまた咎めるように言った。

食事中と食後はサッカーの話をした。実を言うと、エステファニーア別荘に滞在中、本当にくつろいだのはその時だけだった。マット・バズビー〔一九〇九～一九九四。マンチェスター・シティやリヴァプールで選手として活躍し、その後マンチェスター・ユナイテッドの監督を務めた〕と飛行機事故に遭ったマンチェスター・ユナイテッド〔一九五八年、西ドイツで飛行機事故に遭い、多くの選手を失い、バズビーも重傷を負った〕のチームのことが話題に上った。

午後、フリオににらめっこで勝負しないかと提案した。その思い付きとゲームのルールが彼をひどく喜ばせた。私と同じように、自分にしかできないような個性的なしかめっ面を恥ずかしがらずに最後までやり抜く、相手を戸惑わせ、動揺させるような顔を作って、最後までそれを押し通すんだと言った。

勝負は私の勝ちだった。最後にやったのは、指で口を大きく開いて歯をむき出し、同時に親指であかんべーをした顔で、あまりにもおかしかったのでフリオはそれ以上の顔が作れず、白旗をあげた。

夜、ピアノを弾いてくれないかとフリオに頼もうと思ってサロンに下りていくと、長編詩を書いていた。彼はその中で人生はゆるやかに過ぎていき、蜜のように甘いものだと何度も繰り返していた。ゆるやかで、甘いという単語を目にして、最初はヘロインのことを言っているのだろうかと考えた。しかし、フリオはドラッグをやっていないから、そんなことは考えられなかった。彼の詩は単に甘ったるいだけだった。

「人生というのは」と私は言った。「胸が悪くなるようなものだよ。この世界は汚辱にまみれ、しかめっ面で、ばかげている上に残酷で、しつこくて得体の知れないものなんだ。人生というのは何の意味もないものだよ」

それを聞いて彼は笑い声をあげた。私が思いきりしかめっ面をすると、いっそう大きな笑い声をあげた。彼がバカみたいに笑っている前で、私は先ほどよりも本気になって、真剣にしゃべり続けた。

「舞台に上がろうとした時に、しばしば急に気持ちが萎えることがある。こんなことをして何になるんだという考えがふと心に影を落として、何もかも嫌になるんだ。朝には紅顔ありて、夕べには白骨となる、という言葉があるが、われわれはわけもわからずにこの世に生まれ、生き、苦しみ、務めを果たし、感心しては軽蔑し……なぜそうまでして生きていかなければならないんだろう。それに、死んでしまえば、あとに来る人は誰ひとりわれわれが生きていたことすら覚えていないんだ」

　彼の顔から笑みが消えていた。私はさらに言葉をつづけた。

「ある日、誰かが最後にわれわれの名前を口にする。そのあと沈黙の幕が下りて、忘却が訪れる、それで永遠に終わってしまう。いいかい、フリオ、子供がこの世に生まれてくるようにと願ったりしてはいけない。人生というのがみじめなものだとわかっているのに、それに顔を背けて子供を作るというのはあまりにも恐ろしいことだ。そういうことをするには人生に対するきわめて冷笑的な態度、厚かましさ、残酷さが求められる。不幸なことだが、そういうものを持ち合わせている人は大勢いる。われわれはそういう生き物なのだ」そう言って私はまた大きく顔をしかめた。「つまり、われわれには怪物じみたところがあるんだよ」

　フリオは返事をする代わりに、意味不明のばかげたしかめっ面を思いっきりしてみせた。そして、鼻の上で手の指を全部使って雌鶏の肛門をかたどると、すぐに姿を消した。

　次の日、フリオは一日中私を避けていた。おそらく腹を立てているか、何かを怖がっていたのだろうと思ったが、午後遅くになって、単に何か考えているか、大切なことを伝えようとして考え込んでいるように思えはじめた。

　夜になって私がベッドに入ると、部屋に顔をのぞかせ、五十年代末のヴァスコ・ダ・ガマ「ブラジルを代表する名門チームのひとつ」のサッカー・チームのラインナップを覚えているかと尋ねた。

「いや、覚えていないな」と答えた。

「ぼくも覚えていないんだ」

「それを言いに来たのかい？」

「うん」

そのあと長い沈黙が続いた。

「いや、そうじゃない」と彼は言った。「ここに来たのは何か言おうと思ったからじゃないんだ、いや、同じことだけど何か言いたかったからでもあるんだよ」

彼がひどく神経質になっているのに気がついた。

「実は」彼は突然顔を真っ赤にして言った。「早めに言っておくべきだと思って。近々アナ・レカルデ・デ・ウルビエタと結婚することになったんだ」

私はわざと無関心なふりをして、窓の外を飛び回っているシャクガを見つめていた。

「母さんも、あんないいお嫁さんは見つからないと言って」と彼は続けた。「賛成してくれたよ。明日、両親と一緒にお昼を食べに来るので、紹介したいんだ。ぼくは空軍に入隊することになったので、それに合わせて二カ月以内に式を挙げようと思っている。志願兵として応募したところ、レウス基地に配属が決まったんだ。あそこはバルセローナに近いから、あなたがあの町にいる時は、会えると思う。アナもレウスに来ると言っているので、バルセローナで公演することがあれば、一緒に観に行くよ。あなたの公演を見たいんだ。ハンガーとパラソルで変装したあなたの公演はきっと楽しいだろうな。子供はさしあたりひとりでいいけれど、ほしいと思っている。名前はあなたのをもらうつもりなんだ。夏はサラウスで避暑をし、セストーナに家を買って、そこに住みたいと思っている。あなたも内心は喜んでくれているでしょう。ぼくもあなたみたいな人間になりたいんだ。だから、きっと喜んでくれるよね。間違いなく何もかもうまく行くはずだよ」

「ああ、そうだね」そう言うのがやっとで、打ちのめされた感じだった。目が充血してきて、彼の膝の上にがっくりうなだれた。そしてすぐに、しばらくひとりにしてくれないかと頼んだ。

次の日の夜、列車が線路の上を動きはじめると、窓から両腕を出し、作り笑いを浮かべて別れを告げた。チョコレート・ボンボンに目のない、ぽっちゃり太って気のやさしいアナの目に涙が浮かんでいた。フリオが私に投げキスをしたので、私もきちんと返した。すでに私は目隠しをして人々を見ていた。

帰りの列車（こうしてふたたび自分の世界に戻り、すべてが元通りになるのだと考えて何だか妙な気持ちになった）の中で私を待ち受けているのが、不眠とあの消えそうな光だけだということはわかっていた。

タバコを探したが、見つからなかったのでいらいらした。足を伸ばし、明かりを消して暗闇の中で意識を集中させた。すると、すぐに遠くの霧の層とまやかしのあの悲しみが見えたが、そこにあった神秘的な感じはだんだん消えていった。私は多少恐怖心を抱き、世界の重みがずっしりのしかかってくるのを感じながらつぶやいた。

「われわれは変わることはないんだ。こんなふうに怪物じみたところがあるというのに、いつまで経っても学習しないんだ」

そう自分に言い聞かせたあと、別の光と見つかるはずのない慰めを探し求めた。

お払い箱

時が経つにつれて、富と成功はむしろ厄介なお荷物になり、それとともに社会も煩わしく思えてくる。だから人は、自分の隠れる穴を探しはじめるのだ。

あの夜、私はそんな精神状態にあった。リスボンのあの劇場は期待に胸を踊らせている観客でいっぱいになっていたが、私は心の中でそんなことを考えていた。前日の夜、エストリルでごたごたがあった後なので、観客はあの事件について私が何か説明めいたことを言うだろうと期待しているのが感じ取れた。そんな風に期待されるのはありがたいことで、この機会を利用してお決まりのレパートリーの中の客受けする演目を避けて、人生で一度だけドラマティックで個人的な真実の物語を披露して観客を楽しませることにしよう、と自分に言い聞かせた。

「今夜はひとつ、間違いなく君が動揺する話をしようか」私は腹話術で、サンソン［サムソン。旧約聖書に登場する長髪で怪力の人物］という名にぴったりのぼさぼさ髪をした見るからにひ弱そうな人形にそう言わせた。

人形の声が痛々しいほど震えていたので、リスボンの劇場に詰めかけた観客は、この分だとプログラムにない即興の出し物がはじまりそうだと期待に胸を躍らせていた。

「成功を収める数年前」サンソンは濃淡二色のブルーに染められたお決まりのパラソルを開きながらそう言った。「君はセビーリャではじめて彼女と出会った。彼女はレイエスという名で、歌手をしていたが、当時は一時的に声が出なくなっていた。君たちはサン・ロレンソ広場の《大いなる力のキリスト像》の前で待ち合わせた。アシスタントを探していた君が広告を出したところ、彼女が応募してきたんだ。覚えているだろう、グラン・グレッピ？」

私は舞台の上を二歩ばかり歩いて、プロヴァンス地方のロゼのボトルの栓を抜くと、ああ、覚えているよと答えた。

「会ったとたんに君たちは恋に落ちた」とサンソンが続けた。「君は当初考えていたよりも安い給金を提示した。女は芸術家を破滅させる、君はそう考えて給金を低くしたんだ。けれども、彼女は即座に受け入れた」

私はグラスにワインを注ぐと、ゆっくり飲みながら、そういう点だけを強調するのはどういうものかな、と彼をやんわりたしなめた。

「どこにでも転がっている恋と嫉妬の物語なんだから、ほかに言いようがないだろう」と人形は私に言った。

私はマリン・ブルーのビュイックがプリントしてあるタオルで額の汗をぬぐった。いつも決まってやっている仕草で、おかげで誰もが私の額とあの車を結び付けるようになり、また、口の悪い連中はからかい半分に私をグラン・ビュイックと呼んでいた。

「今何を考えているか当ててみようか」とサンソンはますます図にのって言った。

私が返事をしなかったので、彼はこう続けた。

「レイエスのこと、それに彼女が君の人形たちに永遠の愛を誓い、自分の子供のように服を着せ、髪をくしけずり、世話をすると言った時のことを考えているだろう。あの午後の彼女のことを君は永遠に忘れないだろう。レイエスに連れられて、君は彼女の友人の家で催されるパーティに行き、そこで真っ赤に染まった空の移ろいとともにゆっくり流れていく午後を眺めながら過ごした……」

そこでひと息つくと、さらにこう言った。

「あれはトゥリアーナの理髪師の家だったね」

私は思わず拳を握り締めた。理髪師と聞いただけで、抑えようのない怒りがこみ上げてきたが、サンソンのほうも私の怒り以上に自分を抑えることができないようで、こちらの言うことにまったく耳を貸そうとしなかった。私に反抗するのかと言っても聞こえないふりをした。突然（ジャワで作られた）パラソルをたたむと、わっと泣き出し、心ここにあらずといった感じの夢見るような女性の声で言った。

「ああ、しょせん私は影でしかないのね」

そして、首を伸ばすと、こう続けた。

「しょせん私はあなたの人形でしかないの、グラン・グレッピ。すべてを理解しろなんて無理よ」

私の人形が突然女性に変身してレイエスそっくりの声でしゃべりはじめたのを聞いて、観客はようやくサンソンが本来の姿に戻ったと安心していつものように微笑みを浮かべた。サンソンのこの二つの科白は、彼のすべての演技を特徴づけるものとして大きな人気を呼んでいたのだ。

ここは腕の見せどころだと思って、しばらくの間サンソンの泣き声と自分の言葉が重なって観客の耳に届くように演技した。私はレイエスをつれて、実入りの悪い巡業をして自分の才能をすり減らした不毛の日々のことを話した。あの灰色の日々の話にいいかげんうんざりしてきたところで、二人そろって嘆き節を連ねる演技をやめて、サンソンに私の言葉をさえぎって次のように言わせた。

「あなたにふさわしい名声が得られるように全力を尽くすわ、と彼女が誓ったのは今でもよく覚えているよ。ある夜、映画のグラン・ガッボを見た帰りに君たちはフォン・シュトロハイム［エリッヒ、一八八五〜一九五七。オーストリア出身で、ハリウッドで活躍した映画監督、俳優。完璧主義者として有名］の話をしたが、その時に彼女が芸名を変えたらどうかしらと勧めたんだよな。それ以来君はグラン・グレッピという芸名を使うようになったってわけだ」

私はグラスにもう一杯ワインを注ぎ、ビュイックのタオルで額の汗をぬぐってワインを飲むと、こう言った。

「しかし、結局うまくいかなかった。あれから毎日のように名前負けしているんじゃないかとか、一体何を考えてそんな名前をつけたんだとからかわれるようになった。たぶんその頃から頭がおかしくなりはじめて、巡業で訪れた町の通りを歩いていると、小鳥が羽ばたいたり、猛獣がうなり声をあげたり、木々が頭の上で下らないことをささやきあっているのが聞こえるようになったんだ」

芸術家は無作為にいろいろな人物を集めるが、やがて彼らは芸術家そのもののようになっていく。

この人形もそんな風にして生まれてきたが、その人形が肘で人を押しのけるようにして観客の前にしゃしゃり出て、いろんな出来事のもっとも正しい解釈はこれこれだと伝えようとしていることに気がついた。

「どうして君が」とこの真実の見張り番が言った。「吠え猛る野獣やひそひそ話をする木の話をするのか理解できないね。だって表に現れた狂気はそんなものじゃない。君もよくわかっているように、狂気が表に現れるのはそういう時じゃない。君は私を通して、自分の声でなく私の声で話しかける時だけレイエスにやさしく愛情にあふれた態度を取るようになった。ところが、君が私でなく、自分の声で話しはじめると、自分が捏造した言葉をわめき散らして彼女を責め立てただろう。グラン・グレッピ、君は分裂していたんだ。かわいそうにレイエスは、人形に愛されているのに、君には軽蔑されていると思い込んで苦しむようになった」

サンソンは何か考え込んでいた。そんな彼を見つめながら、私のためを思って一生懸命考え、現実を多少歪曲するきらいのある私の考え方を正そうとしてくれたことへの感謝を示そうとした。そのあと、私はこう言った。

「どうしてあんなひどい態度を取ったのか、自分でもよくわからないんだ。楽屋や衣装、人形にきちんと目を配っていないと言って、四六時中彼女をなじるようになったのは今でもよく覚えている。仕事の上で失敗したのは、お前のせいだとまで言ったこともある」

「挙句の果てに私にやきもちを焼きはじめた」とサンソンはパラソルで殴りつけながら言った。

殴られたせいで、私は思わずかっとなった。

「哀れなオカマの人形にやきもちを焼くだって！」

人形は聞こえなかったふりをして、しゃべり続けた。

「あの夜」とサンソンは言った。「君の歪んだ嫉妬心に気づいて、この分だと最悪の事態になるんじゃないかと不安になったんだ。彼女が失っていた声を取り戻して、もう一度歌えるようになるかもしれないというので、レイエスと私は楽屋でお祝いの乾杯をしているところだった。彼女が鏡の前でグラスを高く掲げて、『寄り添って』をうたっているのを見て、君は狂ったように喚きはじめた。そのあと、私にレイエスの物まねをさせようとした。いつだって君の物まねはうまく行ったためしがないが、あの時もそうだった。そして何を勘違いしたのか、レイエスに三秒以内にこの楽屋から出ていって、と言われたと思い込んだんだ」

「あれはひどかった。思わずかっとなって、三秒以内に出て行くのは君だ。もうお払い箱だと言ったんだ」

「お払い箱、ね」サンソンはひどく暗い残響のような声で私の言葉を繰り返した。

「かわいそうに彼女は絶望して、鏡の前にあった安楽椅子にもたれかかった」

「彼女は立っていたよ」とサンソンは同意を求めるように観客のほうを見ながら言った。

「いや、彼女は椅子にもたれかかっていた。あの時、自分はなんて残酷な男だろうと思い、彼女の涙を拭いてやろうとしたくらいだ。そのあと、演技で君が戸棚の中からしゃべっているふりをして、とんでもなくばかげたことを言わせたんだ、サンソン。それを聞いたレイエスは、自分は姿を消したほうがいいと考えて、あっという間に楽屋のスパンガラスの影に姿を消した。私は自分を消して演技をするところがあるけれど、それが災いしてレイエスを永遠に失ってしまったんだ」

「楽屋にスパンガラスの影なんてなかった」

「戸棚もなかったさ。だけど、さもあったように話すのが楽しいんだ」

「いや、戸棚は間違いなくあった」

彼は自分の嘘に満足しているようだった。パラソルを観客席に向かって投げつけたので、これも投げたいだろうと思ってタオルを渡した。すると彼は、そこに書き込まれている宇宙の神秘を読み解こうとするかのように、驚いてタオルを見つめた。

「そこにあるのは私の汗だけだ」仲直りしようと思って、私は微笑みながらそう言った。

サンソンは固まったまま、白々しくふたたび女の声でこう言った。

「しょせん私はあなたの人形でしかないのよ、グレッピ。すべてを理解しろなんて無理よ」

グレッピの前に《偉大な(グラン)》という言葉をつけないのは大いに不満だったものの、お決まりの二つの科白が痛々しく響き、哀れで腹を立てる気になれなかった。サンソンが私を《偉大なビュイック(グラン)》と呼び、もごもご悪態をつきながら口を閉ざし、女性みたいに唇を震わせているのを見て、私の哀れみは恐怖に変わった(たぶん観客も同じ思いを抱いていたにちがいない)。観客の中には座席でのけぞる者もいたくらいだった。私は平静さを保とうとしてこう続けた。

「レイエスを失って数カ月後に私はパリへ行き、そこでタクシーの運転手として働いた。そのあと、場末のキャバレーで仕事をするようになったが、ある日を境に芸人として認められるようになったんだ」

私は横目でサンソンのほうをちらっと見た。彼は口を糸で縫い合わされたように黙りこくっていた。元気づけてやろうと思って話しかけた。

「そんな風に認められるようになったのは君のおかげだよ、サンソン。突然、レイエスの声で話すようになって、お客さんが喜んでくれるようになったんだ」

言葉をかけてもサンソンが何も言わなかったので、さらに続けた。

「私は少しずつ名前が売れはじめたけれど、レイエスがそばにいなかったせいで、孤独でとげとげしく、人を寄せ付けない変人になり、どこへ行くにもいつも君を連れて歩くようになった。たとえば、レストランに入ると、私はみんなの前でビフテキをもぐもぐやりながら大きな声で腹話術を使って君にもしゃべらせた。おかげでますます有名になって、名を知られるようになった。だけど、ちっともうれしくなくて、本当なんだ、サンソン。つまり、富と成功が煩わしくて面倒くさいものになり、それとともに社会が息苦しく思える日がくるのさ。人が自分の隠れる穴を探しはじめるのはそのせいなんだ」

もう一度サンソンのほうを見たが、彼は口をへの字に結んだままひと言も口をきかなくなった。その態度は気にくわなかったが、それでも私はリラックスしてゆったりした気分になっていた。それが真実だったのだ。

「実を言うと」と私は言った。「自分の不幸のおかげで技巧にいっそう磨きがかかり、物真似名人と言われるようになったんです。人は不幸になればなるほど、芸術的に成長する可能性が出てくるんですね。つまり私自身、今では創造というのが本質的に未完成なものだと考えるようになったのですが、皆さんはどう思われますか？」

観客は敬意をこめて沈黙を守っていた。

「ところで私が地球を半周してレイエスを捜したのに、見つけ出せなかったと言ったら、それは嘘になるでしょう。実はある日、ホテルの部屋から一歩も出ずに彼女の名前が載ったリストを目にしたんです。今回のポルトガル巡業の興行主がショー一番の出し物として私と契約を結んだのですが、その時に見せてくれた出演者リストに彼女の名前があったんです」

舞台の裏から鈍い物音が聞こえてきた。緞帳を下ろして私のショーを終わらせようとしていたが、うまくいかなかったようだ。私は知らんぷりをして多少芝居がかってはいるが、真実味のこもった言葉で話を続けた。

「すでに契約を結んだ芸人の中にレイエスとトゥリアーナの理髪師の名前があったんです。彼らはデュエットを組んで歌っているようで、オポルトのキャバレーではそこそこ成功を収めていました。レイエスの名前を見てまっさきに考えたのは、彼女がまだ私を愛してくれているかどうかということでした」

たぶん口をしっかりつぐんでいたせいだろうが、サンソンはひどく腹を立てているように見えた。彼と私は火花の出そうなほど激しくにらみ合った。そのあと、彼の嫌がる横向きの姿勢にしてやった。これ以上余計なことをするともっとひどい目に遭わせるぞという警告を出す時は、いつもそうするようにしていた。そして話を続けた。舞台裏の物音は消えていた。

「今日で打ち上げになる今回の巡業の皮切りはオポルトでしたが、そこでレイエスとふたたび顔を合わせました。私はサンソンに、戸棚のあるあの楽屋のスパンガラスの影の間に君が姿を消して以来、どうしようもないほど不幸な日々を送ってきたと言わせました。レイエスは信じられないという顔で私を見つめたんですが、悲しそうな表情を浮かべていたので、まだ恋心は残っているんだなと考えました。巡業がはじまって数日間は、私のことを心配して、しょっちゅう楽屋に顔を出してくれました。楽屋に来ると、散らかっている部屋の片付けをしてくれたものですから、人形たちは以前のように段ボール箱の中で眠れるようになりました。私はうれしくなって、ついにある夜、サンソンを介さずに彼女と直接話をすることにしました。彼女にもう一度ペアを組んでくれないかと頼み、今も君を愛しているし、これからも永遠に愛し続けると言いました。そのあとぞっとするような沈黙が訪れ、レイエスの目に涙が浮かび、オポルトで再会して以来ずっとあなたがかわいそうでしかたなかったの、と打ち明けてくれました」

そこでひと息入れ、ワインを飲みながら観客の様子をうかがうと、緞帳がふたたび揺れはじめたので、彼らは不安そうな表情を浮かべた。

「しかしそれで終わりではなかったのです」と私は続けた。「さらに悪いことに、彼女から自分はトゥリアーナの理髪師を愛していて、結婚するつもりだと告げられて、目の前が真っ暗になりました。彼女はあのとんまな理髪師を愛していたんです。理髪師というのはどいつもこいつもそうですが、自分では歌手のつもりでいる。まったくぞっとするような話です！ 今回の巡業は明日で打ち上げになりますが、二人は巡業の終わる明日、結婚する予定だと知って」私はそこで手負いの獣のような叫び声をあげた。「心がずたずたに引き裂かれました。あの日から私は髪を振り乱し、サンソンを小さく丸めてポルトガルのすべての劇場を巡るようになりました。今考えているのは、時間を止めて、何とかして巡業を終わらせないようにできないかということだけです。私は頭がどうかしています。自分が雪の降り積もった町の蠟人形館の人形になったように思える日もあれば、焼き払われた村の市に立つマネキンになったように思える日もありました。当然のことながら、私の芸もたわごとばかりのひどいものになってしまいました。そして、ついに昨日エストリルのカジノであのような夜を迎えたのです。レイエスと理髪師は『寄り添って』をひどく甘ったるい声で歌って、観客の心をつかんでいました。それを見て頭に血がのぼり、私は舞台に乱入して大切にしていたパラソルであのとんまな理髪師を殴りつけ、流行の歌の一節をあてつけにうたったたんです」

サンソンは心ここにあらずといった様子でぼんやりしていた。私はひと息ついてそのことを確認すると、リスボン中でうたわれていた歌のリフレインを思い入れたっぷりにうたった。

あの子はキスをしたことがある　だから結婚しないほうがいい
以前好きな人とキスをしたことがある

私が愛したかもしれない美しい女性は劇場の円柱のひとつにもたれかかっていたが、そのリフレインを聞いたとたんに円柱から離れ、通路を通ってゆっくり出口に通じるロビーのほうに向かっていった。あらゆる苦悩は物語の中に組み入れるか、苦悩についての話として語れば、耐えうるものに変わると言って、私は話を締めくくった。その後、あのリフレインを繰り返し、もう一度手負いの獣のような叫び声をあげた。緞帳がゆっくり降りてきたが、下まで降りきる前に観客の一部が立ち上がり、私がもう二度と舞台に立たないだろうと悟って、その悲壮な決意を褒め称え、盛大な拍手をしてくれた。たぶん彼らは、私が生涯で一度だけ個人的で、ドラマティックな真実の物語を語ったことに感謝してくれたのだろう。私はあの女性がおぼろげな記憶のロビーでひっそりと影の間に姿を消すのを見届けた。

底流

友人がひとりいた。当時のぼくにとってたったひとりの友人だった。名前はアンドレスといい、パリで暮らしていたので、彼に会うためにパリへ行った。彼は喜んで迎えてくれた。パリに着いたその日の午後に、女友達のマルグリット・デュラス［一九一四〜九六。フランスの小説家］を紹介してくれた。まずいことにあの午後はアンフェタミン［強い中枢神経興奮作用を持つ覚醒剤の一種］を二、三錠飲んでいた。あれを飲むと想像力が刺激されていろいろなストーリーが思い浮かんでくるので、うまくいけば小説家になれるかもしれないと思い込んで、いつも二、三錠飲むようにしていた。生まれてこの方小説など書いたことがないのに、どうしてそんなことを考えるようになったのか今もってわからない。あのようなことになったのも、もとはと言えばアンフェタミンが悪かったのだ。それに、あの薬のせいでぼくは、バルセローナにある非合法の賭博場で有り金を全部すってしまった。

ぼくは破産し、一文無しになってパリへ向かった。友人はお金を貸してくれた上に、マルグリット・デュラスに紹介してくれた。アンドレスは注目されている作家と親しくなれば、自分もいいものが書けるようになるかもしれないと考えるタイプの人間だったのだ。

「うちの屋根裏部屋がひとつ空いているわ」顔を合わせるとすぐにマルグリット・デュラスがそう言ってくれた。

あのいまいましい錠剤を飲んでいなければ、部屋を貸していただけると助かりますとその場で答えたにちがいない。しかし、アンフェタミンを飲むとろくなことはなかった。ぼくは見開いた目を灯台の明かりのように燃え上がらせたまま黙りこくっていて、返事はもう頭の中で考えたのだから、わざわざ口に出すまでもないだろうと思い込んでしまった。おまけに、食欲はもちろん、執筆しようという意欲まで失っていた。

われわれはカフェ・ド・フルールの前にいた。ぼくが口の中で意味にならない言葉をぶつぶつつぶやいているのに気づいて、友人のアンドレスが心配するなというように合図し、バリェカーノ「正式名はラーヨ・バリェカーノ。スペイン・マドリッドの伝統あるサッカー・チーム」風の訛りのあるおかしなフランス語で、この人はモンパルナスというこれ以上ない場所にある屋根裏部屋にとても興味を持っています、と助け舟を出してくれた。ぼくはひと言も口をはさまなかったが、マルグリットは部屋を貸す用意があると言ってくれた。家賃はとても安かったし、その上夕食までごちそうしてもらえるとのことで、次の日彼女の家へ行くことに決まった。実を言うと、家賃は形だけの象徴的なものだった。住むところが見つからずに困っている作家の卵を助けてやれるというのが、マルグリットにとっては喜びだったのだ。

ぼくはアンドレスと一緒に夕食会に出かけた。体の中にはアンフェタミンが二、三錠入っていて、若さゆえの軽率さというほかはなかった。あんな風に招待してくれた裏には、マルグリットがぼくのこと、つまりぼくがどういう人間で、あの屋根裏部屋を貸していい相手かどうかを見極めようとする意図があることに普通は気づくはずだが、もう間に合わない。あの家の玄関先に立った時に、アンドレスがそう耳打ちしてくれたのだ。ぼくはうろたえ、アンフェタミンに悪態をついたが、すでに手遅れだった。

ソニア・オーウェルがドアを開けてくれた。彼女も招かれていたのだ。キッチンまで行ってマルグリットにあいさつした。マルグリットは、自分の吐いた墨にまみれているホタルイカと格闘していたが、ぼくにはホタルイカがフライパンの上でなぜあんなふうに飛んだり跳ねたりするのか理解できなかった。口の端にタバコをくわえたマルグリットは、ホタルイカが言うことをきかずに跳ね回っているのを楽しんでいるようだった。そのうち一匹が飛び跳ねてキッチンの床の上に落ちた。マルグリットは落ち着いた様子で床にかがみこむとそのホタルイカをフライパンの上にさっと戻した。その時タバコがフライパンの中に落ち、あっという間にタバコのフライができあがった。

ぼくたちはマルグリットに夕食の用意を任せて、サロンに移動した。ソニア・オーウェルがコーヒーを飲みますかと言ったので、ふつうなら夕食の終わりに出るはずのコーヒーがパリでは食事の前に出る習慣があるんだろうかと怪訝に思った。しかし、すぐに疑問は氷解した。ソニア・オーウェルが、今日はひどく疲れているので、コーヒーを飲んでしゃきっとしたいのだと言った。ぼくはできるだけ愛想よく振る舞おうと思って、無理をしてこう答えた。

「ありがとうございます。コーヒーは大好きなんです」

実を言うと、コーヒーは苦手だった。これ以上しゃべりたくないという気持ちと同じくらいコーヒーを飲みたくなかったが、つい口を滑らせて大好きだと言ってしまったので逆に開き直れた。幸いそこでアンドレスが救いの手を差し伸べて、よき友人であることを示してくれた。彼はアンフェタミンがどういう効果をもたらすか知っていたので、われわれ二人を代表してしゃべりはじめた。ぼくは時々同意の意味でうなずくだけでよかった。彼はフェミニズムを取り上げて、今やすばらしい勢いで全世界に広まっていると言い、次いでド・ゴール将軍に触れて、彼にフランスの統治を任せるのはもういいかげんうんざりですねと言った。そして、突然ぼくを話題にして、この人は昨日パリに着いたばかりで、知り合いといっても自分しかいないのだと説明した。

「この町へ来てもっとも感銘を受けたのは、日本人を見かけたことだそうです」アンドレスは口もとに笑みを浮かべてそう言ったが、その笑みからは自分たちが親しい間柄なんだと語りかけつつ、同時にぼくを田舎者扱いしていることが見て取れた。

その後、ストリップショーを話題にした。彼は、ぼくがパリに着くとまっすぐピガール街に足を向け、うんざりするようなショーを見てわずかばかりの持ち金を使い果たしてしまったと説明した。

「その代わりに」とアンドレスが続けた。「アルザス出身の売春婦からあなたってとてもハンサムねと言われ、その後セーター、とりわけズボンの色がいいと褒められたんですよ」

ぼくはひどく恥ずかしい思いをしたが、フランス語がしゃべれなかったので訂正できなかった。

「売春婦のことなんだけど」とソニア・オーウェルが二杯目のコーヒーを飲み干して言った。「マルグリットが、今夜みんなでブローニュの森へ行かないかと言っているの。新聞にいろいろ書かれているけど、本当かどうか確かめたいんですって」

「新聞に何て書いてあったんです？」とアンドレスが尋ねた。

「たいしたことじゃないんだけど、あのあたりに初聖体の衣装をつけた売春婦が出没するらしいのよ」

その時マルグリットがサロンに入ってきて、あとはカレー・ソースを作るだけだから、そろそろテーブルについてもらえるかしらと言った。ぼくはそれを聞いて怪訝に思った。タコにカレー・ソースという取り合わせはありえない。タコだったかな？　キッチンで目にしたのはホタルイカだ。いまいましいアンフェタミンのせいで頭がどうかしていることに気がついた。もう一度アンドレスに助けを求め、ぼくの代わりにしゃべってもらおうとしたが、彼のほうもそれどころではなかった。まるでパーコレーターにでもなったような状態で、額のあたりで沸騰していた言葉が頭にのぼりはじめていたのだ。彼の頭が今にも破裂しそうに激しく揺れはじめたかと思うと、ぼくを指さしてマルグリットにこう言った。

「彼はパリにくるまで日本人を一度も見たことがないらしいですよ」

「映画でも見たことがないの？」と彼女が尋ねた。

広島が舞台になっている映画を何本か見たのを思い出したが、生唾を呑み込んだだけで言葉が出てこなかった。

「どういうことなの？」と彼女はさらに突っ込んできた。「バルセローナには日本人がいないの？」

アンドレスはぼくがフランス語をしゃべれないことを時々忘れるのだが、そのことを心の中で何度となく呪った。この時も彼が助け舟を出してくれなかったので、ぼくは精一杯努力し、笑いを取ろうとしてこう言った。

「フランコが入国を禁止しているんです」

そう言って皮肉っぽい笑みを浮かべるつもりが、口元が痙攣したせいでぞっとするほど生真面目な顔になってしまった。それをごまかそうとしてコーヒーを飲もうとしたが、手が震えてあやうくソニア・オーウェルのスカートの上にこぼしそうになった。みんなは見て見ぬふりをしてくれた。しばらくの間ぼくは黙って彼らの話に耳を傾けた。その後、マルグリットがカレーを仕上げてくるわねと言って、パーコレーターをキッチンにもっていった。コーヒーというのはホタルイカのカレーのことなんだろうなと考えた。タコの墨とはお別れだ、とぼくはひとりつぶやいた。何が何だかわけがわからなくなって、ふたたびアンドレスに助けを求めようとした。しかし顔をゆがめてひどいしかめっ面しかできなかった上に、マルグリットにその顔を見られてしまった。

「ここじゃ誰も人を取って食ったりしないわよ」カレーライスを載せたお盆を持ってサロンに入ってくると、マルグリットはそう言った。そのカレーライスはどうやらホタルイカの墨和えの前菜のようだった。ソニア・オーウェルがじっと見つめているのに気づいて、たぶんぼくのことを火星人みたいに思っているんだろうなと考えた。

「自分で取ってね」とマルグリットは言った。

順番が回ってきたので、皿を大盛りにした。

「よほどお腹が空いているんだね」アンドレスは、ぼくがまったくお腹をすかせていないとわかっていながらそう言った。彼はぼくとぼくの皿にみんなの注意を向けさせようとしているんだと考えた。ただ、何とかしてぼくにしゃべらせようという気遣いが感じ取れたので、彼を許すことにした。おそらく、もう少しわきまえのある態度を取らないと取り返しのつかないことになるぞ、と友人として心配していたのだろう。つまり、僕のことに心を砕いてくれていたのだ。

一口食べたとたんに気持悪くなったが、我慢した。ライスのほうは、最初から手をつけないつもりでいた。彼らは（大量のパンでさらいながら）料理を平らげると、ぼくの皿を注視したが、恥ずかしいことにぼくは料理に手をつけていなかった。幸いその時はアンドレスが助け舟を出してくれた。三十分ほど前に彼はチュニジアのケーキの誘惑に負けてしまったんですよ、と大嘘をついたのだ。

「いろいろ新しい発見があるのね」とマルグリットが言った。「チュニジアのケーキに、はじめて見る日本人……」

「ほんとですね」とぼくは短く答えた。

ここまで怒らせるようなことをしたんだから、屋根裏部屋には住まわせてもらえないだろうなと考えた。その時、家のドアをノックする音が聞こえた。たぶんマルグリットの作品を翻案して舞台にかけたいと思っている俳優のルイ・ジャコだわ、とソニア・オーウェルが言った。その人物はこれまであまりにも多くの役を演じてきたせいで自分が誰だかわからなくなった、かわいそうな役者だとのことだった。玄関ホールでマルグリットが話している声が聞こえた。彼女はサロンに戻ってくると、やはりあの役者だったと言った。

「もう帰ったわ」と言った。

「何でもなかったの。用事なんてなかったのよ」ソニア・オーウェルが横から口をはさんだ。「いつものことなの。自分が誰だか知りたいのよ」

短い沈黙の後、マルグリットが自分のグラスにワインを注いでから、ぴしゃりとこう言った。

「かわいそうな人ね」

アンドレスはワインのボトルを抱きかかえると、息もつかずに立て続けにワインをグラスに四杯飲み干した。おかげでもう一本ボージョレ・ヌーヴォの栓を開けなければならなくなった。

「あなたはバルセローナの出身だったわね？」とマルグリットは、これが口をきく最後のチャンスだと言わんばかりの口調でそう尋ねた。

その時尋ねられてもいないのに、アンドレスが横から口をはさんだ。

「そうです、彼はバルセローナの出身です。だけど、ぼくはアトランティス大陸の生まれなんです」

最初は飲みすぎておかしなことを言っているんじゃないかと思った。しかし、彼はそれほど飲んではいなかった。彼の人となりを考えると、むしろ窮地に立たされたぼくを救出しようと、友人として思い切った行動に出なければならないと考えた可能性のほうが高いように思われた。異常な行動をとることで、注意を自分にひきつけ、困惑からくる詮索的な眼差しがこれ以上ぼくに注がれればどういう結果をもたらすかわからないので、そうならないための言動に出たとも考えられた。もしそうだとすれば、アンドレスはこの上ない友人だと認めなければならない。

「つまり、あなたはアトランティス大陸の出身だってことなの？」ソニア・オーウェルが口もとに笑みを浮かべてそう尋ねた。

「そうなんです」とアンドレスが短く答えたが、その目には涙が浮かんでいた。それに気づいてぼくたちは固まってしまった。重苦しい沈黙が流れた。われわれは二皿目の料理に手をつけながら、彼が忘れ去られた大陸について話すのをしばらく聞いた。大げさな身振りをまじえながら海の中のイメージを思い返していたが、それは彼に言わせれば本当の祖国で暮らしていた頃の昔の思い出とのことだった。未知の海底の世界をあれほど詳細に話す人にそれまで出会ったことがなかった。岩を削って作った小径、巨大な魚の骨格、貝殻や真珠貝を思わせるピンク色の岩の話をしていた。夕食やその後の語らい、われわれのこと、すべてを超越して彼はひたすらしゃべり続けた。途中でマルグリットがひょっとして飲みすぎたんじゃないの、とさりげなく言った。

「どこで読んだのか忘れたんですが」と彼は言った。「アルコールが少し入ると、現実が単純化されて、いろいろな物事の間にある隙間が埋まって、すべてがぴたりと符合するように思えてくる。するとその人は、よし、これでいいと言う、と書いてあったんです。今のぼくに起こっていることがまさにそれなんです。あいつは頭がどうかしている、あるいは嘘をついているとお考えになってけっこうです。

ですが、それは間違いです。今日、ぼくの中で何もかもぴったり符合したんです。子供の頃からずっと、以前自分はアトランティスで暮らしていたと感じていたんです。その直感が間違いでなかったとようやく確信できたんですよ」

そう言うと、アンドレスは新しく栓を抜いたボージョレを空にした。

「あなたの話はとても変わっているし、話も上手だわ」とマルグリットが言った。「だけど、お酒を飲みすぎたか、あるいは冗談で言っているとしか思えないの」

アンドレスはまったく動じなかった。

「断崖に打ち寄せる波さえ」と彼は言った。「いつもひたひたと穏やかだった海の話をしたら、信じていただけますか？ かつてこの世に存在したことのない青い波の上で羽を休めている海鳥の群のことを覚えていますし、同胞たちの深い喜びも覚えています。われわれは歴史の周縁で生きていた、というか、より正確に言うと、表面的にその中に組み込まれていたに過ぎません。われわれのすべての都市にエネルギーが蓄えられていて、それは宇宙そのものをエネルギーに変容しかねないほどの大きなものでした。上部に赤いラッカーを塗った白いブリキの切れ端のこともはっきりと覚えています。それを疑似餌にしてわれわれの唯一の敵であるスマへという魚を釣ったんです」

酔っ払っているのかどうかは判然としなかった。かなり飲んではいたが、話しぶりは落ち着いていたし、どう見ても心から故郷を懐かしんでいるように思われた。

たぶん話題を変えようとしてのことだろうが、ソニア・オーウェルがひと言も口をきこうとしないぼくのほうを指さしてこう言った。

「あなたのお友達はとても内気なのね。今夜はひと言もしゃべらなかったし、食事をするために口を開くこともなかったでしょう」

「彼は内気なんかじゃありませんよ」とアンドレスはひどく怒って言い返した。

みんなの関心がぼくに向かないように、そうやってひどく怒っているふりをしているように思われたが、次の言葉を聞いて、その考えが必ずしも正しくないことに気がついた。

「ぼくの友人は」と彼は付け加えた。「アンフェタミンを何錠か飲んで、ずっと自分の小説のことを考え続けているんです」

とんでもないことを言いだしたなと思った。ありもしないぼくの小説の話を持ちだして、そんなことを言いだされたら、それについて話さざるを得なくなるのは目に見えている。しかし、何も言う必要はなかった。というのも、その前にアンドレスが、友人は今、ある腹話術師の回想録を書いているところなんですと出まかせを言ったのだ。

「運の悪いことに」と彼は付け加えた。「今日の午後、タクシーの中に原稿を置き忘れて紛失してしまったんです。その回想録は小説のように読めるんですが、プロットは古典的なものではないんです。支離滅裂でつかみどころのない作品で、十九世紀のそれとは真逆なんです。上から目線で世界を説明しようとしていませんし、ましてやひとつの人生全体を包摂しようなどという野心を抱いてもいません。単に自分の人生の断章をいくつか集めただけの作品です」

「その腹話術師ってどういう人物なの？」とソニア・オーウェルが尋ねた。

「よく知らないんですが」とアンドレスが答えた。「何もかも捨ててヨーロッパに別れを告げ、ランボーの足跡をたどってみたいとつねに考えている人物のひとりだと言っていいでしょう。確か最終的にはヨーロッパ大陸を捨てるんですが、回想録には逃げ出した理由に関して何も説明されていません」

「どうして説明していないの？」

「逃亡する前に罪を犯していて、それを回想録に書くわけにいかなかったからでしょうね。リスボンでの夜、舞台と観客に突然永遠の別れを告げた後、愛していた女性を自分から奪い取った理髪師に会いに行ったんですが、その時に港の人気のない路地で、ジャワ製の先の尖ったパラソルで理髪師の心臓を一突きしたんです。しかし、まさかそんなことを回想録に書くわけにはいきませんからね。その後、ヨーロッパを捨てて姿をくらましたんです。回想録では、教養のあるところを見せて自分の逃走を文学的に美化していますが、実を言うと胸の悪くなるような逃走劇でしかなかったんです」

　幸いなことにそうした出まかせを並べ立てたあと、アンドレスはぼくのことをすっかり忘れてふたたび自分の生まれ故郷との邂逅に夢中になった。夏の日のそよとも風の吹かない、強い陽射しのせいで川の水が熱せられている日々のことを語りはじめた。そんな日には、まるで死人のように深い眠りに落ち、突然アトランティス大陸のはるか遠い過去がよみがえってくるというのだ。

「幼い頃からぼくはあの世界の人間だと感じていたんです」と彼は続けた。「ある日、マンサナーレス川に落ちたんですが、もともと不器用だったので泳げなかったんです。今も泳ぎはだめですけどね。

水中にぶくぶく沈んでいった時に、どこか遠いところに運ばれているように感じて、ふとそこが以前見たことのある懐かしい場所に思えました。水面に浮かぶまで三、四分かかったんですが、その間にマンサナーレス川の底で自分の本当の祖国の古い宮殿を目にしました。ひと目見て宮殿だとわかりました。過去の記憶がよみがえってきたんです。あたりは銀色の光に包まれていて、そこに真の生活が、街路があり、家が建ち並び、石ころも含めて本当の同胞の足跡がありました。ぼくもそこにいて、熱心に耳を傾けてくれる聴衆を相手にいろいろな話をしました。ぼくは語り部で、肉体から抜け出して昔の祖国にふたたび住むようになった人たちのお話を語って聞かせていたんです」

誰かが、もうこんな時間なんだと言った。われわれは驚きながらも同時に疲労感を覚え、いいかげんうんざりしてもいた。ぼくはさっきのような形で助け舟を出してくれた友人に感謝していた。彼のとった行動がありがたくて、友達というのはこういう時のためにあるんだと心の中でつぶやいた。単に酔っ払っているとか、あるいは頭がおかしくなったわけではなく、ぼくのためにやってくれたんだと考えることにした。

「今日はこの辺にして」とマルグリットが穏やかな口調でアンドレスに言った。「話の続きは明日にしましょう。夜も遅いし、眠くなってきたの。できればブローニュの森へ行きたかったんだけど、眠くてもう無理ね」

とても遅い時間だったが、アンドレスは気づいていないように思われた。生命よりも強い力で海底を流れる海流、有無を言わさぬ力で忘れられた大陸へと人を押し流してゆく海流の話をはじめた。

「いずれ」と彼は言った。「ここに戻ってこられなくなる日がくるような気がします。この古い服はもうぼろぼろで着心地が悪いので、着替えないといけないんです。脱皮前の蛇みたいなものです。蛇というのは日の光がうざったくなると、自分の巣穴に引きこもりますからね」

そこでひと息ついたが、横から口を挟む余裕はなかった。次に祖国のすべての暖炉で燃えている火について話しはじめた。

「その炎は」とアンドレスは言った。「煙を出さずにまっすぐ立ち昇ります。強い匂いを出すセイヨウネズの枯れ枝をくべるんです。アトランティスの暖炉のマントルピースには枝つき燭台の形をした楯が飾ってあって、そこに立てられたロウソクはわれわれの海のもっとも深い色に似た強烈な青い光を放っています」

誰かが、もうこんな遅い時間なのねと繰り返した。

アンドレスはうなずいて、古い服の上からコートを羽織ったが、その前に残っていたアルコールを残らず飲み干した。ぼくは彼の肩をやさしく抱きかかえた。

「さあ、帰ろう」そう言って、ぼくは彼をドアのほうへゆっくり引っ張っていった。

「屋根裏部屋を」とマルグリットが唐突に言った。「使っていいわよ。明日、中を見せてあげる。マットレスしかないから、家具を買わないといけないでしょうね。マットレスとポスターしかないと思うの。ポスターは涙滴型のクリスタル・ランプを鮮やかに写したウィーンのものよ。守衛の女性からそう聞いているの。とにかく自分の目で確かめてみて」

最後に予測もしなかったうれしい結末が待っていたので、ほっとして別れを告げた。そのあと、アンドレスと通りに出た。空には星が輝き、パリ市内のカフェはどこも閉まっていて、まるで月世界の沈黙の霊廟にいるような感じがした。今夜のことは忘れないだろうなと思った。事実その通りになった。あの夜、アンドレスを家まで送っていく時に、彼が君とはもう会えないだろうな、水の流れる渓谷や薄紫色の滝が懐かしくて仕方ないので、一刻も早く自分の手でこの世から姿を消したいんだと言った。

言っていることがよく理解できなかったが、自分の手で、と言うのを聞いて自殺のことをほのめかしているんだなと思った。彼はおそらく、自分が必要性に責めたてられて生きるこの世界ではなく、自由の王国の人間なのだという意味で消えると言っているのだろう。そんなことを考えていると、アンドレスが自分の手でという言葉を繰り返したかと思うと、凍てつくような水の流れるセーヌ川に勢いよく飛び込み、あっという間に水中に姿を消した。いくらなんでもやり過ぎだろうと思ったあと、まわりに誰もいないのに気づいて、自分が助けてやるしかないと考えた。コートを脱ぐと、迷うことなくセーヌ川に飛び込み、すぐさま水中にいる彼を見つけた。陶酔したような表情は至福感を味わっている感じがして、まるで祖国へ戻るために水底の流れに身を任せているように思われた。

彼の腕をつかんだが、これから旅立とうとしているのに邪魔をするなとでもいうように激しく抵抗した。しかたなく力いっぱい殴りつけて失神させた。しかしそのあとが大変で、あんなに苦労したことはなかった。やっとのことで桟橋に引き上げたが、相変わらずまわりに人影はなかった。体をぼくのコートでくるんでやり、意識が戻るのを待った。ようやく意識が回復すると、困惑したような表情でこちらを見つめ、顎を撫でながら、二人ともずぶ濡れだけど、一体何があったんだいと尋ねた。

「何も覚えていないのかい？」とぼくは言った。

「実を言うと……」

ぼくは考え込んでしまった。混乱している上にひどく疲れていた。ひょっとして肺炎にかかったんじゃないかと不安だったし、心の底ではすごく腹を立てていた。

水に浸かったせいでアンフェタミンの効果が消えていた。

「本当に何も覚えていないのかい？」

「ああ、覚えていない」

「どこから来たかも覚えていないの？」

そう尋ねたとたんに余計なことを言ってしまったと反省した。ひょっとして、彼のほうから《君がどこの出身か知らないけれど、ぼくはアトランティスの出なんだ》と言い出すのではないかと不安だった。しかし、何も覚えていないようだった。あの時にマルグリット・デュラスの名前を出したりしたら、連想で忘れていた大陸のことを思い出すかもしれないと考えて、何も言わなくてよかったとほっとした。

「さあ、家に帰ろう」と言った。

またしても、しまったと思った。家と聞いて、アトランティスで語り部をしていた時のつつましい住処のことを思い出すかもしれなかった。しかし、彼はまだぼんやりしていて、思い出したりしなかった。ともかく余計なことを言わないようにしなければならなかった。というのも、不用意なひと言で彼が昔のことを思い出す危険があったからだ。けれどもぼくは無性に腹を立てていた。その怒りは言葉を選んでしゃべったり、沈黙を守ろうという気持ちよりも強かったので、どうしてあんなことをしたんだいと尋ねた。

「何の話だい？」と彼は口もとに穏やかな笑みを浮かべながら言った。

「何の話だい？　はないだろう」とぼくは目を大きく見開き、声を荒らげて言った。

彼は戸惑い、考え込んでいたが、突然記憶がよみがえってきたような表情を浮かべた。

「ああ、そうだったね」と言った。

これはまずいぞ、とぼくは考えた。

「どうしてあんなことをしたんだろう？」そう言って、彼はじっと考え込んだ。「そうなんだ、どうでもいいことなんだよ。ぼくとしてはああせざるを得なかった、それだけのことだ、わかるだろう」

しばらくして彼は立ち上がったが、あの時の厳しい眼差しを忘れることができない。彼は背泳で百メートルを競おうとするかのように後ろ向きにゆっくり歩きながら、こう言った。

「友達というのはこういう時のためにいるんだよね」

そう言うと、彼はふたたびセーヌ川に飛び込んだ。ぼくのコートを着たままだったが、それはまるでぼくたちの友情の深さを測るためにそうしたように思われた。

古い連れ合い

1

あなたのせいで少々飲みすぎたようです、実を言うと、身の上話を聞くのが好きだとおっしゃったものですから、ついお酒が進んでしまいました（ぼくはルガーノのカフェで偶然出会った七十代の上品なドイツ人にそう言った）。今のぼくはたしかに酔っていますし、気持ちが高ぶっているというか、いや正しくは少々夢を見ているような気分になってしまい、先ほど少し触れたあの話をしてみたくなりました。申し上げたように、最近は自分の身に起こったことを話したいと思うようになり、ただし時には話がくどくなったり、自分がうんざりすることがないよう、ところどころ変更を加えることがあります。失礼ですが、これからあなたのことをジャコメッティさんと呼ばせていただきます。ここにはあなたのように片眼鏡をかけておられる方はほかにおられませんが、誰もがジャコメッティという名前のような気がするので。いや、本当の名前はおっしゃらなくてけっこうです。お聞きしても意味がありませんから。ぼくとあなたの同国人の女性との間で起こったことをお話したいだけなのです。きっとあなたは喜ばれると思いますよ、ジャコメッティさん、どうかその名前で呼ばせてください。

ぼくはあなたの国、具体的にはバイエルンを歩いてみたいと思っていました。誰かが、あの地方にある多くの家では狩猟の情景を描いた壁のタペストリーの上で影が動くと言ったんです。それに、冬が来ると、白樺の幹の白い樹皮が震えるという話も聞いていました。ぼくは雪とともに過ごすあの季節が好きだったし、狩りの情景や影も好きで、今もその気持ちに変わりはありません。バイエルンでそうしたものを見たかったものですから、休暇のとれる時期が来ると迷うことなく旅に出ました。ミュンヘンでの最初の数日間、ぼくはひとりで散歩したり、タバコを吸ったり、いろいろなものを観察したり、ホテルの部屋でチロル地方の歌をうたったりして楽しく過ごしました。ある午後、のんびりカント通りを散歩していると、蛇の衣装をつけた女性がぼくのほうを見てウィンクし、にっこり微笑んだのです。それを見て手軽で時間のかからないアバンチュールを楽しめそうだと考えました。ゆっくり近づいていって、どうしたのと尋ねてみました。すると、ええ、ちょっと、という返事がきて、そのあと何か言った、というかつぶやいて、はっきり聞きとれなかったのですが、たぶん、人生というのは白いチュニックみたいなもので、遠くからだと真っ白なページのように見えるけれど、そばに行くと下着だとわかるのよと言ったと思います。彼女にはユーモアのセンスがあり、そのようなこと、あるいはそれに似たことを言ったと思います。そのあと、カント通りに絹のハンカチを落としました。思いがけない展開で、この分なら間違いなくお手軽で時間のかからないアバンチュールを楽しめそうだと確信しました。ぼくはさらに近づいて、優雅にハンカチを拾い上げたのですが、彼女を見たとたん、そうなんです、ジャコメッティさん、間近で彼女を見たとたんにぼくは心を奪われてしまったんです。三十代らしいその女性は蛇の衣装をまとっていたのですが、神秘的なその顔の、濃い緑色の目にとらえられてしまいました。どんな具合にかと言えば、ジャコメッティさん、ぼくは驚きのあまり声が出なくなったのです。それでもまだ手軽なアバンチュールのつもりでいましたが、ことは思ったように短時間では終わりませんでした。

一週間後、ぼくたちは結婚式を挙げたのですが、彼女がどういう人で、どのような暮らしをしているのか何ひとつ知りませんでした。ぼくは彼女が高級娼婦だとにらんでいて、そう言えるだけの十分な根拠もありました。おかげでひどく気持ちが高ぶりました。名前はイーダだと言っていましたが、どの書類を見てもヘルガと書かれてありました。ぼくをつかまえて、信じられないような自分の過去を話してくれたのですが、どう考えても作り話としか思えませんでした。彼女には自分自身の新たな素性を生みだす想像力が備わっていたのです。こちらも負けていられないと、最初から作り話をでっち上げました。例えば、自分はピエモンテで医者をしていると言ったのですが、医学について何も知らないことは見え見えでした。それでもぼくとしては嘘で塗り固めるほかなく、というのも向こうがぼくの作り話を面白がってくれて、それはぼくのほうも同じでした。暗黙のうちに二人で大いに嘘を楽しんだのですが、そうすることで自分自身から逃れることができましたし、二人とも架空の人間として結ばれることで心の安らぎを得ることができたのです。それまで一度も経験したことのない架空の安らぎであり、ぼくは仮面こそが最高の安らぎを与えてくれると思っていました。

ミュンヘンのあの教会で式を挙げている間中、そんなことを考えていたんです。そうそう、あの教会はもうなくなったんですよ、ジャコメッティさん。あの時借りたおんぼろのボルボももうないでしょうね。式が終わると、ぼくたちはその車に乗って、大雨の降る中を最初はミュンヘンの並木道を、次いでイタリアに向かうハイウェイを亡霊のように走りはじめたんです。たいていの人は結婚式の日のことをすべて覚えているものですが、ぼくもあの日のことは実に細かい点までよく覚えています。今でも目を閉じると、雨の降りしきる午後に、ボルボがバスとトラックのあとを追うようにしてジェノヴァ郊外をぐるぐる走り回っていた時のことが目に浮かんできます。ぼくたち、つまりあの奇妙なおんぼろボルボが通りかかると、泥水を跳ねかけられるというので、通行人があわてて家の玄関先に逃げ込んでいました。

あのような車は見たことがありません。まったく音を立てずに走るんですが、乗っているのがそれぞれ靄に包まれた架空の人生から生まれ出たような二人の男女だからか、車も幽霊自動車、目に見えるということをのぞいてすべての点で幽霊自動車になってしまったかのようでした。というのも、車が街灯もなく、暗い上にカーブがつづく曲がりくねった夜の田舎道を、高速で、音もなく走っていたんですから、容易に想像できるでしょう。

車は真夜中近くに、リヴォルノ郊外にある一般客があまり利用しそうにないブリストル・ホテルの前に停まりました。通常、車は停車するとエンジン音が消え、しばらくすると中から人が降りてくるものですが、あの時はそういうことは一切なく、おんぼろボルボはただ停まっているだけでした。まるで中に誰も乗っていなくて、そこまで車だけが走ってきたような感じでした。その時です。大雨が降りしきる中、エンジン音もせずに静かに停車しているぼくたちの車のそばを、騒々しくて派手なフォルクスワーゲンが通り過ぎました。それを見て、ぼくはその車がずっと前から、多分ミュンヘンから跡をつけてきたのだろうと考えました。

イーダ、誰かが跡をつけてきているよ、とぼくは言いました。何をばかなことを言っているの。頼む、お願いだ、ほんの数秒でいいからこの呪わしい現実に目を向けて、跡をつけてきたのが誰なのか教えてほしいんだ。たぶん現実そのものが私たちを追ってきたのよ。あなたも言ったじゃない。現実というのはつねに厄介なもので、たえずフィクションの向こうを行こうとしているって。だけど、イーダ、それとこれとは別の話だよ。

そんな話をしていると、フォルクスワーゲンが引き返してくるのが見えたんですよ、ジャコメッティさん。左手には地中海が広がっていて、大荒れに荒れていました。波が砕け、風のせいで海水と雨が激しく車を叩いていました。フォルクスワーゲンは明らかにぼくたちを捜していて、そばを通って走り抜けたかと思うと、くるっと反転し、アスファルトの上でスリップしながらも、海に転落しないように巧みなハンドルさばきで速度を落とし、ぼくたちの真後ろにぴたりとつけたのです。イーダはひどく不安がっていましたが、それでもまだ誰かが跡をつけてきたという事実を認めようとしませんでした。そのせいで口論になり、彼女と言い争っているうちに我慢できなくなって、自分なりのやり方で片をつけようと思い、跡をつけてきた車の運転手と話をしようと自分たちの車から降りました。ところが、ずぶぬれになってフォルクスワーゲンのところに行ったのに、中には誰も、猫の子一匹乗っていなかったのです。ひょっとするとこの車も幽霊自動車だろうかと思っていると、ブリストル・ホテルの一階の明かりがついたので、ぼくたちを追ってきた男はホテルに入ったにちがいないと考えました。

イーダに、急いでここから立ち去ろうと言ったんですが、彼女は錯乱したようになっていて、あのホテルにはぼくと一緒に暮らすよりも強い力で自分を引き寄せる磁力を感じると言い出しました。いいかい、イーダ、とぼくは言いました。君の言っていることはばかげているよ。ひょっとすると、跡をつけてきた誰かが殺そうとしているのかもしれないんだよ。幸い、ぼくたちがあそこに逃げ込んだと思ってホテルに入ったからよかったものの、ひとつ間違えば危ないところだった。とにかく、手遅れにならないうちに逃げようと言ったんですが、だめよ、私にはできないわ、と答えました。彼女はすすり泣いていたんです、ジャコメッティさん。雷雨の夜に、途方に暮れたようにすすり泣きはじめたんです。ホテルでは彼女の愛人、あるいはヒモが待ち受けているかもしれないんです。ぼくはどうしていいかわからず、ひどく混乱していました。彼女から次のように言われていっそう困惑しました。いいこと、手袋は左右揃ってはじめて一組になるのよ。もしここに右手の手袋が二つあったとしたら、捨てるしかないでしょう。私たちの関係もそれと同じなの。私たち二人は現実とは何の関係もないフィクションの世界に生きているの。同じ音を出す二台のコントラバス、それがあなたと私なのよ。それにひきかえ、あのホテルで私を待っているのは、欠けている音を補う理想の補足音程なの。あの人はミュンヘンからずっと跡を追いかけてきた現実だわ。かけがえのない補足音程である伴侶がいないと、私は生きていけない、だから必ず自分の腕の中に戻ってくると考えているのよ。その現実から逃れようとしたけど、だめだった。悪いけど、ここでお別れよ。割れ鍋にはそれにふさわしい閉じ蓋が必要なの。割れ鍋が二つあってもどうにもならないでしょう。それと同じことが徒な夢を見た私たち二人に起こってしまったの。私たちが一緒になったところで、どうにもならないわ、さようなら。でも、ここまでいい夢を見させてもらってうれしかったわ。

ぼくが車のシートを倒して失神したふりをしたのは、自分の役どころとつけていた仮面、それに平静さを一瞬失ったせいでしょうね。ぼくは嘘をついたんだ、と正直に打ち明けました。ぼくだって、現実の世界に戻って、君の良き補足音程になれると言いました。実を言うと、ぼくは医者でも、ピエモンテの人間でもない、これまでもっともらしいことを言ってきたけど、どれもこれもみんな作り話で、実は別の人間になりたかっただけなんだ。だけど、もうやめにする。実を言うとぼくは腹話術師なんだ、聞いている？　ぼくは腹話術師なんだよ。それに君の夫でもあるから、ぼくと暮らすように命令する。私のことはもう忘れて、とイーダが言いました、私とあなたはこれから別々の運命を生きていくの。それを聞いて、ぼくは即座にもう何をしても無駄だと悟ったんです、ジャコメッティさん。彼女を失うことになるだろう、彼女はついにぼくのものにならなかった、けっきょく彼女は別の男の女であり、その男の古くからの連れ合いなのだ、彼らの緊張した関係ははるか昔、現実と虚構がひとつに結びついた最初の夜のように遠い過去までさかのぼれるはずだ。古くからの連れ合いであるあの二人は、売春婦とヒモのように果てしなく続く息苦しい悪夢の世界の中でもがいているのだ、と考えました。

君の言うとおり、おそらくぼくたちはつまるところ同じ音を出す二台のコントラバスのようなものだろう、君の言うとおりだよ、と少し傷ついて自嘲気味に言いました。車のドアを開けると、ぼくはここに残るから君ひとりでブリストル・ホテルへ行くといいと言いました。とたんに激しい雨が車の中に吹き込んできて、顔をしたたかに打ったのですが、おかげで目が覚めたような心地がしました。イーダが夜の暗闇の中を遠ざかってゆくのを眺めながら、ぬかるみについた足跡を数えられるところまで数えました。そして、彼女の荷物があるのはわかっていたのですが、何もかも夢だったんだと自分に言い聞かせて、車のハンドルを切ってあの場から遠ざかったのです。

2

深い愛に包まれた結婚生活がはじまってからこの上もなく恐ろしい裏切り行為までをたった一日で経験したというのは大変なことだが、これから話す（そう言いながらジャコメッティは、ルガーノのあのカフェでハバナ葉巻に火をつけた）一見幸せそうに見える多くの夫婦の間に三人目の人物がひっそり身を潜めていて、その人物がずっと夫婦の間に影を落としていることに長年まったく気づかないというのも、それに劣らず衝撃的なことだよ。それも本当に長い年月にわたってね！　私の場合がまさにそうだった。亡くなった妻のバルバラとは半世紀前に結婚して一緒に暮らし、古い連れ合いとして最晩年を迎えたのだが、昨年中頃のある夜、バンドン［インドネシアのジャカルタの南東にある大きな町］で妻が口にしたひと言でわれわれの結婚生活に突然ひびが入り、以後どうしても元に戻らなくなったんだ。リヴォルノであなたの身に起こったこととはまた違うだろうがね。というのも、少なくともあなたの場合はほんの数時間ですべてを知ったわけだが、私の場合は五十年かかった。半世紀間妻を信じ、平穏な日々を送ってきたというのに、はるか遠い異国の地ジャワまで行って、ひとりの男が、それもすでに死んでこの世にいない男が二人の間に影を落としていたことに気づいたんだから皮肉な話だ。ここで私がわっと泣き出して、由緒あるこのカフェの絨毯をびしょ濡れにすることになっても、そこまでの大事ではないなどと言わんでくださいよ。

泣きゃしませんよ、見苦しいですからな。それよりも私の身に起こったことをお話ししましょう。すべては昨年、金婚式の日が近づいていた時にはじまった。バルバラと私は、二人の間に生まれた子供フランツとグレタからなるべく遠く離れたところで金婚式のお祝いをすることにしたんだが、まあ、人生にはおかしなことがあるもので、うちの子供たちは前々から自分たち同士で結婚したいと考えていて、今も独身のまま一緒に暮らしている。言ってみれば、あの子たちも古い連れ合いみたいなものなんでしょうな。それはともかく、今申し上げたようにあの子たちからできるだけ遠く離れたところで金婚式のお祝いをしよう、それならジャワ島がいいだろうというので、二人して旅に出た。最初のうちは本当に楽しかったね。長年連れ添っているのに、互いに顔も見たくないとか、四六時中ののしりあってばかりいる夫婦もいるが、私どもはその手の夫婦ではなかった。お互いに相手を攻め立てないという暗黙の取り決めをしていたんだよ。毎朝目が覚めると、前日に見聞きしたことをもとに、そこに映し出されている人間の愚かしさ、他人の馬鹿さ加減を種に大笑いしたが、暗黙のうちに自分たちのことは話題にのぼらせようとはせず、お互いに毒のある言葉を向けることはなかった。

人が結婚するのは、二人揃って世間のことをあれこれ取りざたするためだと私は考えているが、ジャワへ行った時に、そこが自分たちにとって理想的な土地だと気がついた。というのも、そこには申し分のない条件がすべてそろっていて、おかげで毎朝目が覚めると、心ゆくまであの連中をあざ笑うことができたからなんだ。理由はいろいろあるが、まずジャワの人間というのは、前に行かない顔をしている。今でもそうだろうが、前に行かず後ろに行こうとしていて、まるで後退病にでもかかっているようだ。それから今でもきっとそうだろうが、その顔は絶えず激流で磨き上げられた小石のようにつるつるになっていて、額がドーム型をしていて、そこをつまんでひっくり返してほしいとわれわれに語り掛けているみたいだったよ。実を言うと、ジャワの人間は通りに背を向け、家のほうを向いて座っているんだ。まるで背中に目があるみたいだよ。いずれにしても、彼らの背中には存在感があったね。さらにある夜、われわれは影絵芝居を見に行ったんだが、そこでジャワの役者は世界中のどの役者とも違って、華やかな装飾を背中に飾っていることに気がついた。

その夜、われわれが影絵芝居をしている場所に足を向けて目にしたのは、愛ゆえに自殺に追い込まれる若い恋人にまつわる神話をジャワ風に翻案したものだった。舞台照明は静止したままで、上演中は登場人物たちが舞台の床面と平行に並べられている竹の幹にほぼずっと固定されていたのが印象的だった。登場人物は体よりもむしろ腕を使うが、やわらかく波打つように動かして、攻撃的なところはまったく感じられなかった。あなたとおなじようにね、腹話術師さん。こう呼ぶのをお許しいただくとして、あなたもやはり物語を語る時にほとんど体を動かさずに腕だけをふわふわ漂わせているじゃないか。

あの夜ホテルに戻ったが、私はとても翌朝まで待ちきれなくて、舞台で竹の節を使っていたけれど、あれはおかしかったねと言って笑いはじめたんだ。ところがバルバラは一緒に笑うどころか、深い悲しみをたたえた目で私を見つめ、ジャワの俳優たちの声がどんなにすばらしかったか気づかなかったなんて、本当にばかな人ねと言って、私をなじりはじめた。朗唱者の声、彼らの声は甘くやさしく旋律に富み、低音で思慮深い感じがしたし、慈愛に満ちているのに礼儀正しく、しかも感情がこもっている上に華やぎがあり、この世のものとは思えない、夢見るような響きがこめられていて、教会で耳にするようなあの声を聞いて、私はヴィムのことを思い出したの、と言ったんだ。

私はいくぶん戸惑いながらも微笑みを浮かべて、ヴィムって誰だいと尋ねた。初恋の人よ、と答え返してきたので、戸惑いはいっそう深まった。その初恋についてもっと詳しく話してくれないかと言うと、自分がローゼンハイムで両親と暮らしていた頃のことよ、とバルバラが話しはじめた。あの人は私をひと目見て恋に落ち、私もひと目であの人が好きになったの。一目惚れって言うのがあれでしょうね。だけど、結婚するには若すぎると言って、親は反対したの。だったら駆け落ちするしかないというので、ある夜私たちはローゼンハイムから逃げ出したんだけれど、町外れまで来た時に、ヴィムがいっそのこと二人で心中しよう、そうすれば永遠に生きつづけることができると言い出したの。

だけどあなたもよく知っているように、私はあの頃すでに現実主義的なところがあったから、そんなのはいやよと言って、ローゼンハイムに戻ったの。それから数日すると、ヴィムは苦しみのあまり死にそうになり、ある大嵐の夜に町を抜け出して、ローゼンハイムから二十キロほど離れた、山の頂上にある僧院に向かったの。というのも、あの人の祖父がロマンティックな雰囲気のあるあのあたりの山守をしていたのよ。祖父はあの人に、嵐の夜には決まって雷が落ちる岩場の危険な箇所を教えたの。ヴィムは雨の降る中、雷が自分の上に落ちてくるのをじっと待ち続けたんだけれど、けっきょく数日後に肺炎で亡くなった。だけど、あの人はきっと私への恋病で亡くなったのだと思うと言った。

その話を聞いて、私はひどい屈辱感を覚えたんだよ、腹話術師さん。死者たちの中からよりにもよって彼女はあの男の霊を選んだんだからね。自分は何も知らずに、あのヴィムという男と半世紀間一緒に暮らしてきた。それだけでなく、今この瞬間も背中にあの男を背負っている。ジャワ人と同じように私の背中にも目があって、肺炎で亡くなったあの男の存在をはっきり感じ取り、その姿を目にしているんだと考えると、背筋が寒くなったんですよ。

今のはすべて私の作り話よ、とバルバラは笑いながら言った。ある本でそんな話を読んだのよ、本当に単純な人ね、そういうところは昔とちっとも変わっていないわ。そう言う彼女の声は、くぐもっていて悲しそうだった。その言葉が信じられず、あの夜私はまんじりともしなかった。一方、バルバラの方は疲れ切っていて、すぐに夢の世界に入っていったが、こちらはいろいろな思いが頭の中を駆け巡り、われわれのそばにひとりの死者がいて、彼の棲む、踏み入ることのできない灰色の世界の中に自分自身が融け込んでいくように感じた。ジャワでわれわれの結婚生活は、あの死者と同じように死んでしまった。ジャワでは舞台の上で俳優が背中に華やかな飾りをつけるが、あの死んだ男がまさにそれだった。

ところで腹話術師さん、ホテルの私の部屋にご招待したいのですが、いかがです？　私の話が作り話でなく、私の背中に時々例の死者が張り付いていることを知っていただきたいんですよ。それに、私がジャワに滞在していたことを確認していただく意味でも、あの島にしかない品をいくつか進呈したいと思います。部屋にあるそうしたお土産をお渡ししたいので、来ていただけませんか。

あなたは心を許して信頼できる方だと思えてならないんです。というのも、われわれ二人はここで長い時間を共に過ごした昔からの連れ合いみたいなものです。あなたと私はルガーノのこの由緒あるカフェで互いに身の上話をしましたし、古い連れ合いと変わらないので、ジャワのお土産をいくつかさしあげたいのです。そうですね、例えばパラソルなんかいかがです。内部にバネが仕込んであるとても鋭利なパラソルで、一種の銃剣として使えます。ひょっとすると、何かのお役に立つ時が来るかもしれませんよ。それに、よろしかったら一緒にベッドに入って、二人で世間のことをあれこれ話し合ってみませんか。そうすれば、腹話術師さん、ホテルの部屋で私が裸になった時、この背中が凍り付いて、そこに古い装飾のように死んだ男が現れるのを目にされるかもしれませんよ。

ぼくが願っている死に方

ジョン・ヒューストンと一緒にいる時に酒に酔ったふりをするのが、おそらく自分の人生で一番愉快な体験だったたちがいない。ニュー・オリンズで過ごした夜のことはけっして忘れることはない。ある夜、ヒューストンが同じ死ぬのなら叔父のアレックのような死に方をしたいと言っているのが耳に入った。その話を聞いて以来、ぼくもアレック叔父のような死に方をしたいと思うようになった。

アレックは重い病気にかかっていた。ある日、家のチャイムが鳴り、妻がドアを開けに行った。彼女は階段を上って戻ってくると、従姉妹の方がお見舞いに来られたわよと言った。

「会いたくないと伝えてくれ」とアレックは言った。「うっとうしい女なんだ。あんなバカ女のために残されたわずかばかりの時間を一分だって無駄にしたくない」

それを聞いて妻がひどく怒り出し、せっかく遠くから見舞いに来られたのに、駄々をこねるんじゃありませんよ、会ってあげればいいでしょう、と言った。しかし、アレックは耳を貸そうとしなかった。

「もう死んだと伝えてくれ」とアレックは答えを返した。

そんなこと言えるわけがないでしょう、と妻がやり返した。

「本当に死んだのなら」と妻は言った。「ドアのところでそう言えばよかったのよ」

「わかった」とアレックは言った。「だったら、つい先ほど突然亡くなりましてね。部屋に戻ってはじめて気がついたんですよ、と言えばいい」

そう言っても妻は聞き入れなかった。

「従姉妹の方だって、それでもこの部屋に来て、顔を見たいはずですよ」と妻が言った。

「なら上がってもらえ」とアレックは答えた。「わしは死んだふりをするから」

「できるわけがないでしょう。その間ずっと息を止めてなきゃいけないんですよ」

「やってみるさ」とアレックが答えた。

アレックは本当にそうした。従姉妹が入ってきても、彼はまったく動かず、目を半ば閉じ、息をしていなかった。そんな風に死んだふりをしているうちに、アレックは本当に死んでしまった。

カルメン

カルメン・バーリェはハバナで生まれた。しかし、三歳の時にキャリアの外交官だった父親がバルセローナに赴任することになった。スペインへ発つ数日前に、母親が街頭写真家の姿をフィルムに収めたが、その写真家がもたれかかっていた円柱が彼女の記憶に残っている唯一のハバナの思い出だった。キューバに関してはそれしか覚えていなかった。人からどこのお生まれですかと尋ねられると、カルメンはいかにも彼女らしい深い悲しみをたたえた笑みを浮かべて、私は生まれたんじゃないのと答えた。

バルセローナで過ごした幼年時代は幸せだった、つまりひどく退屈だったのだ。幼年時代に関しては、ほとんど何も話すことがなかった。幼い頃のことを尋ねられると、カルメンは決まってこう答えた。「幼い頃？　そんなものがどこかにあるにしても、中味は空っぽだった。退屈すぎて、何ひとつ覚えてないの」

六十年代の終わり頃になると、トゥセット通りのバルのカウンターにいるところを見かけるようになった。背が高く、いつも黒のセーターを着ていて、すらりとした長い首にショールを巻き、町でもいちばん整った左手のほっそりした指にイギリスのタバコを挟んでいた。

二十歳の頃の彼女のような女性は、あとにも先にも二度と現れないだろう。美しさで競い合える女性の影さえなく、現れるのは自殺した男や永遠に花瓶に活けられることのない花束を贈った者、明け方同じようにカルメンを愛している友人たちに囲まれておいおい泣いている男たちだった。彼女は教養をうかがわせる、品がよくて相手にふさわしい言い方で男たちをひとり残らずはねつけた。相手を傷つけまいとしてはいたが、彼女の言葉を耳にした男たちは絶望の淵に沈んだ。

町中の人が彼女を愛していたし、彼女もあの町を愛していたが、特定の相手はいなかった。時が経つにつれてますます人を避けるようになり、とりわけ口数が少なくなった。家にひとりでいる時や、何かの集まり、あるいは求婚者がそばにいる時だけ、思い出したように沈黙を破って、ぞくりとするほど魅力的な声で「なんて退屈なの」とつぶやいた。そのあとまた、いつもの沈黙の世界に戻った。

人とほとんどしゃべることなく三十歳の誕生日を迎えた。両親が亡くなってからはホテル・リッツで暮らすようになったが、誕生日もまわりには誰もおらず、ひとりでお祝いをした。幸いもうみんなから忘れられたようねと考えた。しかし、そんなことはなかった。たとえば、ぼくは彼女とずっと親しいつもりでいた。彼女の誕生日の翌日、ぼくはバルセローナに着くと、まっさきに彼女のもとに駆けつけた。腹話術師の仕事であの町へ行く時は、かならず訪れることにしていたのだ。その際は必ず大きな花束を抱えて行った。しかしある日、彼女のもとを訪れたところ、ぼくのものよりもはるかに大きな花束が部屋に飾ってあるのを目にすることになった。「まわりの誰かが贈ってくれたのよ」心底うんざりしたような表情でそう言うと、なんとも魅力的な口調でこう付け加えた。「まだ言い寄ってくる人がいるってことね」

ぼくは彼女に言い寄った最後の人物、つまり夫になった男性とは面識がなかった。マンレーサの実業家で、教養もなければ品もなく、どう見ても彼女にはふさわしくないとうわさされていた。二人はポンペイの教会で結婚式を挙げた。あの日の思い出としては、この上なく悲しげなほほえみを浮かべたカルメンが写っている黄ばんだ写真が一枚しか残っていない。車で新婚旅行に出かける時に、彼女はポツリと「なんて退屈なの」と漏らしたと言われている。

その九カ月後、彼女は子供を出産してすぐに、亡くなった。息を引き取る少し前に、「なんて退屈なの」と言ったとのことである。ベルリンにいる時にぼくはその知らせを耳にした。その時、いずれカルメンについての物語を書くことになるだろうが、結びを《それだけだった》という一文で締めくくろうと考えた。

友人でベルリンに住んでいる亡命ロシア人の作家にその話をした。いつかカルメンの物語を書くつもりだが、その時はどうしても語らなければならないという純粋な気持ちから書きたいんだ、と打ち明けた。「ただ、そこから」とぼくは言った。「どんな結論を導き出せるかわからないので、ふさわしい結末を迎えさせることはできないと思うんだ」

すると友人は、結論なんて必要ないんじゃない、と言った。そしてこう付け加えた。「なぜかわからないけど、君の話を聞いて、自分の好きな妖精物語に出てくる王様の『どんな矢が永遠に飛び続けるのか。それは的に当たる矢だ』という言葉を思い出したよ」

展望台の塔

ある朝、電話がかかってきた。相手は、自分は今危機的な状況にある、妻と別れてからひどく孤独な毎日を送っているので、どうしてもあなたと話をしたいと言った。

「どういうことですか?」とぼくは尋ねた。眠っているところを突然知らない人間に起こされて、そんなことを言われたのだから、当然の質問だった。

「説明させていただきます」と電話口の相手は言った。「妻から四六時中、醜男だと言われて、ひどく不愉快な思いをしていました。何度もあなたの顔が気に入らないの、と言われたものですから、とうとう我慢できなくなって、ある日このアパートを借りたのです。今、そこから電話をかけています。夫に捨てられた妻は、以前私が住んでいた塔のある家にひとりで暮らしているのですが、ここからだとそこがよく見えるんです」

ぼくは友人の誰かがふざけて電話をしてきているんだろうと考えた。しかし、相手はこう続けた。

「どうしても誰かと話す必要があったので、電話帳を繰ってあなたを選ばせていただきました。私はひとりで暮らしていて、この部屋にあるのは双眼鏡と寝室に運び込んでもらった巨大な姿見だけなんです」

　ふざけているか、頭がどうかしているのだろうとぼくは思った。もうバカなまねはやめて奥さんのもとに帰られたらいかがです、と忠告してみた。

「無理なんです、手遅れなんですよ。あれは私が行方不明になったと思い込んでいて、こっそり様子をうかがっているとは夢にも思っていないんです。自分が死んだあとに、何が起こるか知りたいと思われたことはありませんか？　私の場合、最初の何日かは身内の人間や友人が次々にやってくるのが見えました。当然のことですが、妻は不安そうにしていた、というか戸惑っているようでした。私の身に一体何が起こったのか、なぜ何も言わずに姿を消したのか理解できなかったのです。しかし、最近になって、私はもう戻ってこないと誰もが考えるようになり、それ以来妻はだんだんあきらめの気持ちが出てきたのか、幸せそうにしています。ひょっとすると、まもなく再婚するかもしれません。ですが、気がかりなのはそのことではないんです」

　失礼にならないようにという気持ちに加えて、好奇心も多少あって、（男の話が悪ふざけとか頭のおかしい人間の作り話ではないように思えてきた）向こうが冒頭で言ったように、さみしいせいで悩んでおられるわけですかと尋ねてみた。

「おっしゃる通りです」と言った。「さみしい上に毎日が単調で、日に日に退屈で耐え切れなくなって、とりわけ妻の様子をのぞき見できない時が辛いですね。たとえば妻が買い物に出かけると、塔の内部や庭で何も起こらないんです。そんな時は、死ぬほど退屈なんです」

「だったら家に戻られたらいいじゃないですか」とぼくは相手の良識に訴えた。「どうして家を飛び出そうなんて考えたんです?」

「ふと魔が差しただけなんですが、もう元に戻れないほど遠くへ来てしまいました。数日前からまったく別人の顔になっているんです。塔に戻ったとしても、妻は私とわからないでしょうね」

俄然話が面白くなってきた。ぼくには従兄弟がひとりいて、いつもアイデアが思い浮かばないとこぼしながら映画のプロットを探し回っている。うまく行けば、彼に面白い話を語って聞かせてやれるかもしれない。

「顔を変えたと言われましたね?」

「ええ、そうです。声も変えました。聴覚の集中講座に出たので、いろいろな音域の声が出せるようになったのです。実を言うと、以前は医者として多少は人に尊敬されていたんですが、今では能なしの役立たずです」

「何の医者をしておられたんです?」

「美容整形外科医でした。ブラジルの知り合いに腕のいい外科医がいるんですが、その外科医に整形手術をしてもらって、数日前に帰国したばかりです。今ではもう以前のような醜男じゃありません。ただ悲しいことに、今の私は外科医でも、既婚者でもなく、将来も閉ざされてしまいました。あるのは一枚の鏡と双眼鏡だけです」

なんと答えていいかわからなかった。衣装ダンスの鏡に映る自分の顔が目に入り、どうしてあなたは巨大な姿見を寝室に据えつけたんですかと尋ねた。

「自分の新しい顔に慣れておきたかったんです」という答えが返ってきた。

ぼくは黙ってその言葉を反芻した。こちらが黙っていたので、相手はひどくうろたえた。

「受話器を下ろすつもりでしょう」と言った。「みんなそうなんです。私をふざけているか、頭のおかしい男だと思って、電話を切るんですよ」

「そんなことはしませんよ。あなたの話は中々面白いし、それに何か変わったことがあれば、電話をかけてきていいですよ。でもそうですね、できれば週一回くらいにしていただけるとありがたいです。もっとも本当にびっくりするようなことがあれば話は別です。そうでなければ、我慢してください。お暇なあなたと違って、ぼくにはいろいろと仕事がありますから」

「どんな仕事をしておられるんです？」

「もし電話をかけてこられるなら」とぼくは聞こえなかったふりをして言った。「午後にお願いします。夜は仕事があり、朝は眠るものですから」

「すると、パン屋さん、役者、いや、ひょっとすると消防士さんかもしれませんね」

彼にはユーモアのセンスがあった。

「ぼくは夢解きの仕事をしているんです」と思いつきで答えた。

相手は自分が最近見た（矜持の仮面をつけたひどく用心深い人物にまつわる）夢の話をしようとしたが、ぼくはすかさずさえぎった。従兄弟の映画に夢の話を持ち込むつもりはなかったのだ。ぼくはもう一度とても忙しくしていると伝え、今後も話を聞いてもらいたいのなら、今日はこのあたりで電話を切るほうがいいのではないかと言うと、相手もようやく納得した。

「わかりました、よくわかりました」そう言ったあと、彼は何度も礼を言い、ご迷惑をおかけして本当に申し訳ありませんでした、それでは失礼しますと言って電話を切った。

翌日、朝の早い時間に電話で起こされた。こちらが何か言う前に、あの男の聞きちがえようのない声が耳に飛び込んできた。

「鏡を叩き割ったんです。おかげで本当にひとりぼっちになりました」

あんな時間に電話をかけてくるのは、どう考えてもこちらを挑発しているとしか思えなかった。鏡を割ったのはわざとで、おそらく話の種を作ろうとしたのだろう。

「私という人間はもうこの世に存在しません」と男は力をこめて言った。「目の前にあるのは割れた鏡とそこに部分的に映っている自分の奇妙な姿だけです」

ぼくは声色が得意だったので、コンスエロ叔母さん、つまり映画関係の仕事をしている従兄弟の母親の声をそっくり真似てこう言った。

「私は掃除婦なんです。急に出張の仕事が入って、ご主人は今ローマへ行っておられます。二、三カ月は戻ってこられないと思いますよ。どなたからの電話とお伝えすればよろしいでしょうか？」

返事がなかったので、もう一度尋ねた。

「どちら様とお伝えすればいいでしょう？」

「クソッ！」男はそうわめくと受話器を下ろした。

その時はやっと肩の荷を下ろせたと思っただけで、あの男の身の上話を聞かなかったことを後悔してはいなかった。しかしそれから数日経って、従兄弟のスゴイ（彼は何かというとこの形容詞を使う癖があるので、ぼくたちは彼のことをスゴイと呼んでいた）がやってきたので、その話をすると、ひどく怒り出した。掃除婦のおばさんに成りすますのに、何も自分の母親の声を使うことはないだろうと言ってなじったあと、その男と接触を断ったのはまずいよとこぼした。あの男はきわめて珍しい体験、つまり身の上話の出だしから結末がどうなるのか知りたくなるような体験をしている、と彼は言ったのだ。

「いい映画が作れるはずだったんだがな」スゴイは残念そうに首を振りながら、何度もそう言った。

面白そうなストーリーだからといって、何も無理にオチをつける必要はないだろう、ぼくはそう言ったあと、いずれにしてもああいう出だしならきっとすばらしいプロットが考え出せるはずだよと付け加えた。しかし、うっかりしてスゴイには想像力のかけらもないことを忘れていた。彼はいかにも考え込んでいるふりをして視線を宙にさまよわせていた。その様子を見てかわいそうになり、ストーリーの続きをそれとなくほのめかしてやった。

「たとえば、くだんの人物がある日、自分と鏡との間には何の関係もないことに気がつくという風に考えてみたらどうだい？　衝撃的な場面を思いついたんだ。男の角ばった鏡像が鏡の表面に近づいていく。彼はひどく細い首に手をやるが、驚いたことに鏡と自分には何のつながりもないことを目にするんだ」

「首に手をやったところが映ってないってことかい？」

「そう、そのとおりだ」

「そんなのばかげているよ」

できることならスゴイを絞め殺してやりたかった。その上彼は、ぼくがあの人物と接触を断ったことをまたしてもこぼしはじめたのだ。ひどいののしりの言葉を延々と連ね、挙句の果てにこう言い放った。

「ほんとに役立たずだな」

「わかった、わかった」彼のわめき声に耐えられなくなってそう言った。「あの人物の居場所を突き止めたいのなら、見つけ出すのはそうむずかしくないはずだよ」

一時間後、二人で新聞記者に成りすまして医学校にもぐりこんだ。借り物のコートを着、メガネをかけ、ボールペンとメモ用紙の束を手に持ち、鋭い目つきであたりの様子をうかがった。ぼくたちが探している居場所不明の医者は美容整形外科医でなく、眼科医だと教えられたが、似たようなものだろうと考えた。

家の住所を教えてもらったので、そこに塔が建っていれば、ほぼ間違いなく当たりだなと話し合った。タクシーを拾い、数分後にわれわれはお屋敷町の中に入り、トゥクマン通り二七番地に着いた。目の前に塔が建っていたので、ぼくたちはにんまり笑みを浮かべた。車から降りて鉄格子の向こうに広がる見るからに裕福そうな人気のない庭園を眺めた。一本のニレの木が心地よさそうにまどろんでいる。《展望台の塔》と書いてあるのが目に入った。近くにマンションが一棟建っていたが、そこまではかなり距離があった。眼科医がこっそり覗き見しているはずの場所と塔との間には大きなテニス・クラブがあった。これだけ距離があると、眼科医はかなり倍率の高い双眼鏡を使っているにちがいないと考えた。その時、背後から女性が話しかけてきた。

「塔のことでいらっしゃったんですか?」

「ええ、そうです」とスゴイがあわてて答えたが、ぼくは一瞬何のことかわからなかった。見落としていたのだが、貼り紙に塔を売りますと書いてあったのに気づかなかったのだ。

その女性は三十歳くらいで、すばらしい美人だったが、全体に古風な感じがした。髪を両側でひっつめにして飾り櫛で留め、真珠のネックレスをかけて、昔流行ったグレイの服のほっそりした襟元に古いブローチをつけていた。顔の表情が驚くほど変わるので、どれが本当の顔なのか見定めることができなかった。言ってみれば、その顔は時代を過去へとさかのぼっていって、次から次へと昔の貴婦人に変貌しつつあるように思えた。そのせいで混乱してきたようなので、重々しくて疲れた感じのする、いくぶん男性的なその声に意識を集中させた。

「どうか中にお入りください」と彼女が言った。庭園に一歩踏み込んだとたんに、双眼鏡で観察されているような気がして、不快感を覚えた。ぼくはメガネをとり、テニスコートの向こうの、眼科医がこっそり覗き見しているはずのマンションのほうにちらっと目をやった。

ぼくたちは庭園の中を散歩し、ぽつんと立っているニレの木が水面に映っている池の前でしばらく足をとめた。従兄弟は塔を買いに来たと間違えられたのをひどく面白がっているようだった。塔の売値を尋ねると、いかにも興味ありげでどうしたものか迷っているふりをして、池に浮かんでいる水草を眺めた。

そのあと、ぼくたちは家の中に入った。客間には派手な色づかいの絵が五枚かかっていたが、それらはアフリカのある町でカールトン・ホテルが建設されていく過程を、段階を追って描いたものだった。われわれはぞっとするようなその絵を眺めた。その時、女性がこう言うのが聞こえた。

「レオ、いるの?」

ぼくたちはてっきり犬を呼んだのだろうと思った。だから、それが人の名前だとわかった時はびっくりした。カーテンが揺れ、そこから葉巻をくゆらせて男が現れた。

「紹介させていただきます、こちらはお友達のレオナルドですの」

二人は最近知り合ったばかりで、愛し合っていることはすぐに見て取れた。二人の口のきき方や目の動きですぐにそれとわかったのだ。男は四十代で、粗野な感じのする、一風変わった男だった。どうやらぼくたちのことをうざったい奴らだと思っているようだった。

人の声には通暁していたので、彼の不明瞭で聞き取りにくい声(ぼくたちはそれをくぐもった声と呼んでいるが)が意識的に作った声であることはすぐにわかった。

ひょっとするとこの男は顔の造作を変えて別人になった眼科医ではないだろうかと考えた。そのせいで混乱してきたようなので、ぼくは彼の顔に意識を集中させたが、その顔を見て、かつて祖父の持ち物だった灰色の文鎮を思い出した。ぞっとするような目は、暗緑色の穴の中に埋め込まれている感じがした。全体に押しつぶされたような、妙に威圧感のある顔の中で、一カ所、耳だけがひどく目立っていた。とてつもなく大きなその耳は、亡くなった祖母のお気に入りだった中国製のスタンドについていた二つのランプ・シェードを思い起こさせた。

男は葉巻を消すと、いくぶん不審そうにぼくたちのほうを見たあと、新聞のスポーツ欄を読みはじめた。ぼくたちは彼を残して塔の中を見て回り、三十分後に戻ってみるとまだ新聞を読んでいた。その間にスゴイとあの女性はかなり親しくなっていて、二人は笑いながら客間に入っていった。レオナルドは不快感と嫉妬心をむき出しにして二人の会話に割って入った。

「ローラ、ここを見ろよ」と新聞を指さしながら言った。「ほら、ここだ。トゥンブクトゥに関するルポルタージュが載っている。これを書いたのは君のご主人じゃないのかい？　スパックスパックという署名が出ているけど、これはペンネームだろう？」

「さあ、どうかしら。あの人じゃないと思うけど」彼女はわずかに笑みを浮かべてそう言った。

「御主人は新聞記者なんですか？」スゴイはうちとけた感じでそう言った。

「医者よ」と彼女は言った。「眼科医なの。今頃はトゥンブクトゥで眼医者をしているんじゃないかしら。前々からあの町へ行きたいと言っていたから。ここの塔を買うつもりなら、夫の亡霊がおまけについてくると思っておいたほうがいいわ。あの人は近々行方不明者として正式に認定されるはずだけど、ある日トゥンブクトゥなり、どこか知らない町からひょっこり戻ってくるかもしれないわ。そうしたらあなたがたはびっくりなさるでしょうね」

「ぼくたちは少々のことで驚いたりしませんよ」とスゴイは言った。彼は人を威圧するような恐い顔をしたレオナルドのことを暗にほのめかして、そう言ったのだろうとぼくは考えた。

「でも家の主人は想像もつかないほど恐い顔をしているのよ。たぶんもう亡くなっているでしょうから、こんなことは言いたくないんだけど、まるでホラー映画から抜け出してきたみたいなの。そこにある絵よりももっと気味が悪いのよ」

「これは建設中のホテルを描いたものなんですか?」とぼくは尋ねた。

「若い頃」と彼女は言った。「あの人はアフリカで伝道師の仕事をしたいと思っていたんだけれど、イエズス会士から向いてないと言われたの。その後、私と知り合ったの。結婚してここに住むようになった時、あの塔をアフリカの展望台と名づけようとしたんだけれど、私が反対したものだから、イエズス会士と私に復讐しようとして、トゥンブクトゥのホテルを想像して、気味の悪いあの五枚の絵を描いたのよ」

「そこまで言うことはないだろう」とレオナルドが言った。それを聞いて、ぼくの疑念がいっそう強まった。

「何ですって!」と彼女は怒り狂ってわめいた。「レオナルド、そろそろ私の好みをわかってくれてもいいんじゃない。ここにかかっている絵はあの人よりましだわ、それと同じでここの絵よりもあなたのほうがほんの少しましなだけなのよ」

レオナルドはお褒めいただいてありがとうと言ったが、にこりともしなかった。その機に乗じて彼に質問を投げかけ、自分の仕事についてはっきりと言えるか確かめてみようと考えた。

「ところで」とぼくは切り出した。「どこかでお見かけしたような気がするんですが、建築家ではありませんか？」

「いや、ちがいます」と答えた。「近くに住んでいる者です。ところで、あなた方は」そう言ってスゴイとぼくを指さしたが、その時に巨大な耳がぴんと立った。「教会で結婚式を挙げられたんですか？」

「どういう意味です？」とスゴイが尋ねた。

「あなた方が夫婦なのかどうか知りたかったんです」

スゴイは切れやすくてかっとなるところがあるので、何かやらかす前に間に入ったほうがいいだろうと考えたが、女性のほうが先に割って入った。

「この方たちは従兄弟同士なのよ」と笑いながら言った。

今日、あの時に微笑んでいた彼女の顔をもう一度思い浮かべてみようとしたが、いつもと同じでうまく行かなかった。記憶を呼び起こせないのではなく、要するに彼女の顔がたえず過去へ過去へとさかのぼっていくので、あまりにもたくさんの顔が思い浮かんでくるのだ。

あの時のことで一番はっきり記憶に残っているのは、レオナルドがぼくたちに向けた凶暴な目つきだ。不信感に満ちたその目を見て、彼は新しい自分を手に入れ、妻の元に返ってもう一度やり直そうとしているのだろうという思いをいっそう強くした。しかし彼のほうがそうだとしても、彼女はそのことに気づいていないようだった。むろん、スゴイは何もわかっていなかった。

「塔はすばらしいですし、池の水草もなかなかのものです」と従兄弟が言った。「たぶん買わせていただくことになるでしょう。むろん、その前に検討させてはいただきますが、おそらく買い取ることになるでしょう。できれば」と冗談めかして面白くもない言わずもがなのことを言った。「ご主人の亡霊がおまけについてくるとしても、上乗せ金がすごい額にならないよう願っています」

最後の言葉で彼女は気分を害したようだった。スゴイは調子に乗ってつい口を滑らせたのだ。

「そうですわね」彼女はもうお帰りくださいといわんばかりに玄関のほうに歩き出しながら言った。

別れを告げている時に、玄関のチャイムが鳴った。新しいお客さんだわ、と彼女が言った。しかし、ドアを開けると、玄関のところに三十歳くらいの男が立っていた。戸口で数秒間石のように押し黙っていたが、そのあと感情を込めてゆっくりこう言った。

「ぼくだよ。見ての通り戻ってきたんだ」

男は背が高くて色が浅黒く、かなりハンサムだった。彼女は事情が呑み込めないようだった。

「ぼくだよ。わからないかい？」

訪問客がかけているメガネのレンズと金縁のフレームが日の光を受けて輝いていたが、その奥の目は不安そうで落ち着きがなかった。艶のある黒い長髪を真ん中で分けて耳の後ろに流し、それまでかぶっていた品のいい黒い帽子の跡がついていたが、その下に当たる箇所はウェーブがかかっていた。

「声でわからない？　君に気に入られたくて、顔を整形したんだ」

それでも彼女が反応を示さなかったので、ふとその男もぼくと同じように電話で身の上話を聞かされ、行方不明になった夫に関する情報をもとに、本人になりすましてうまい汁を吸おうとしているのではないかと考えた。

最初のうち戸惑ったような表情を浮かべていた彼女がようやく反応したのを見て、ここにいるのは間違いなく彼女の夫なんだと考えた。彼女は感じのいいあの男の顔を本当にうれしそうに見つめて、ついに訪問客を心を込めてきつく抱きしめたのを見れば、そう思わざるを得なかった。

「どうしてそんなことをしたの？」すすり泣きながら彼女がそういうのが聞こえた。「どうしてなの？」

「仕方なかったんだ」と彼は自嘲ぎみに言ったが、その顔は真剣そのものだった。

言うまでもないが、われわれは邪魔者でしかなかった。

「では、失礼します」とスゴイが言った。

しかし、二人は聞いていなかった。ぼくはそのあとどういう展開になるのか見届けたくて、できればもう少しいたいと思った。しかし、スゴイはすでに庭のほうに出ていた。ぼくもあとを追ったが、これでこの家も見納めだと思って後ろを振り返ると、レオナルドが庭に面した窓から飛び出して逃げてゆくのが目に入った。

ぼくたちはトゥクマン通りの坂を下りはじめたが、その時点ですでにレオナルドが前を歩いていたのを覚えている。ぼくたちの百メートルほど先を早足で駆けるように歩いていて、スゴイは彼が窓から飛び出してくるところを見ていなかったし、ぼくも面倒でその話をしなかったので、前を行くレオナルドに気づいていなかった。

「ハッピー・エンドの映画だったね」とスゴイが言った。「この話を映画にするのはやめておこう。ところで、あのご主人はぼくたちのことを少しは疑わしいと思っていたんだろうか?」

「ご主人って誰のことだい?」

「決まっているだろう」と彼は怪訝そうにぼくを見つめた。「玄関のところにいたあの優雅な身なりの男だよ」

その時、遠くのほうでレオナルドが二十歳くらいのすばらしくハンサムな若者とすれ違うのが見えた。若い男は力強い決然とした足取りで坂道を上ってきた。人生の道で、一方が坂を上りつつあり、もう一方が坂を下って影の中に姿を消そうとしているのは自明なことに思われた。

「間もなく」とぼくは従兄弟に言った。「優雅な身なりのあの男が窓から庭に飛び出してくるよ」

スゴイが怪訝そうな顔でぼくのほうを見たので、しょうがなくこう付け加えた。

「あとほんの少しだ。こちらに向かって坂を上ってくる若い男が、展望台の塔の家のドアをノックするまでのことだよ」

お話の効果

ニュー・オリンズでの夜のことだが、レジスの手が急に震えてミルクの入ったコップを床に落としてしまった。その時、彼がこう言った。

「ねえ、お願いだから、もう一度今のお話をして」

女友達のソレダッドの息子のレジスは、ぼくが母親に話して聞かせたばかりの話に大きなショックを受けたようなので、もう一度話さないほうがよいように思われた。一方で、子供に簡単に理解できる話でもないのに、どうしてあんなにショックを受けたのだろうと不思議だった。しかしレジスのほうは、わかりすぎるほどよくわかるとでも言うように、真っ青な顔をしていた。

「ねえ、お願いだから、もう一度今のお話をして」

いかにも子供らしく何度もしつこく言ったので、ぼくは根負けしてドミニカの偉大な女性作家が最後に書いた物語をもう一度話すことにした。それは物悲しい幻想的な物語だった。

その美しい物語は、川岸にたたずんでいる語り手の女性が浅瀬の踏み石を眺めながら、その一つひとつの思い出をたどっているところからはじまる。語り手はいつの間にか向こう岸に渡っている。道路は昔とまったく同じではないが、ともかく同じ道路にちがいなかった。旅人の女性は幸せな思いにひたりつつその道路を歩いてゆく。すばらしい天気で、空は青く晴れ渡っている。ただそこには一度も見たことのないガラスのような感じがあった。ガラスのようなという形容詞しか思い浮かばない。かつて自分の家があった場所に通じる磨り減った石の階段までくると、心臓が激しく打ちはじめる。そこに男の子と小さな女の子がいる。彼女は手を挙げて、《ハーイ!》と声をかける。しかし、子供たちは返事もしなければ、振り向きもしない。さらに近づいて、もう一度《ハーイ!》と声をかけ、そのあと《私は以前ここに住んでいたの》と言う。それでも返事がかえってこない。三度目に《ハーイ!》と声をかけた時は、すぐそばまで近づいているので、手で触れようとする。男の子が振り返って、灰色の目で彼女の目をまっすぐに見つめてこう言う。《急に寒くなったね。気がつかなかったの?家に入ろう》。女の子はそれに対して、《うん、入ろう》と答える。旅人の女性はがっかりして両腕をだらりと下ろすが、その時はじめて現実に思い当たる。

「私は以前ここに住んでいたの」とレジスもがっかりして同じ言葉を繰り返した。

「今のお話を聞いて、どう思った?」とソレダッドとぼくは尋ねた。

レジスは返事をしなかった。その夜はずっと考え込んでいて、口をきかなかった。ソレダッドはあまり真剣に考えなくていいのよと言いたかったのか、おどけた顔で先ほどの言葉を繰り返した。

「私は以前ここに住んでいたの」

しかし、男の子はにこりともしなかった。そのあと、彼女はぼくに自分の祖父の話をした。祖父は晩年ムンロッチにある農場を買い取り、村で暮らしている何人かの友人を毎晩のように呼んでおしゃべりを楽しんだ。ある日、死期が近いと感じた祖父は、田舎住まいの友人たちのうんざりするようなたわ言にこれ以上付き合うのはごめんだと考えて、農場の入り口に《以前ここでみんながおしゃべりを楽しんだ》という張り紙をするように言いつけた。

「私は以前ここに住んでいたの」とレジスは言うと、ひどく悲しそうな顔をして部屋に引き上げた。一時間後、われわれはあの子がぐっすり眠っているのを確かめて、胸をなでおろした。

しかし翌朝、男の子はぼくがまだベッドの中にいるうちに部屋に入ってくると、窓を閉めはじめた。体の具合が悪そうに思われた。体がぶるぶる震えていたし、顔が青白いというよりも真っ青になっていた。そして、ハイヒールでも履いているようにおそるおそる、ひどくゆっくり歩いていた。

「どうかしたの、レジス？」

「頭が痛いの」

「ベッドに入ったほうがいいよ。時間もまだ早いし」

「うん」と彼は答えた。男の子は鉛のように重い足取りで部屋を出ていった。しかし、下に降りてみると、数日前から壊れているテレビの前に座っていた。ひどく重い病気にかかっている七歳の少年という感じがした。額に手を置くと、熱のあることがわかった。

「今すぐベッドに入ったほうがいい」とぼくは言った。「どこか悪いところがあるにちがいないよ」

医者がやってきて、熱を計った。三十八度あった。電話がかかってきたのでぼくはその場から離れたが、電話はソレダッドにかかってきたものだった。部屋に戻ると、医者がニコニコしていた。

「心配はいりませんよ」と医者が言った。「大丈夫です。今話を聞いたら、今朝、足に吸い取り紙をたくさん貼り付けていたそうです。そのせいで体温が上がったんでしょう。何でもありません、心配はいりませんよ」

「何でもないそうだよ」とぼくはあの子に言った。

「何でもないそうよ、ねえ、聞いているの?」母親がおっかぶせるように言った。

あの日は、ソレダッドの夫のロバートを空港に迎えに行くことになっていた。彼女とぼくの二人だけで行った。帰りに三人でフレンチ・クオーターに立ち寄ったが、ニュー・オリンズは気分を変えるのにいい町だった。日が暮れはじめた頃に、家に戻った。あの子の体調はよくなかった、というかひどく悪かった。熱のほうは収まっていたのでそのせいではなく、ただなんとも言えない悪い顔色をしていた。あれほど悲しそうな顔を見た記憶がない。

「ぼくは何時に死ぬの?」と男の子はわれわれに尋ねた。

「何だって?」

「ぼくには知る権利があると思うんだ」

「バカなことを言うんじゃない」と父親がたしなめた。

「あの人たちが、間もなくぼくは死ぬだろうと言ったんだ」

翌日になると、レジスはいつものように元気になっていて、何でもないことでも笑い転げた。何もかもがおかしいようだった。しかし、以前のレジスではなかった。彼の幼年時代が終わったのだ。そして、笑っていた、何でもないことでも笑っていた。

師のもとを訪れる

ヴェランダが自分の師かもしれないと思わせる夢を、何度もくり返し見た。ぼくは、かつて彼が従事していたのと同じ仕事をしていた。ただ、夢の中ではヴェランダが師匠だという可能性はあったものの、正確には仕事上のことではなくそれに近接するもので、ぼくがこれから突き止めようとしているあることの師だった。

何度もその夢を見たものだから、ひょっとするとあるところから自分に宛てて送られてくる信号だから、軽視するわけにはいかないのではないかと思いはじめた。夢の中には、重要な勧告が秘められていることがある。ぼくが見た夢も、まさにぼくたちに幸せをもたらそうとする幸運の夢の系譜に属するもので、自分をいい方向に導いてくれようとしている夢を見過ごしてはいけないと考えた。

ヴェランダとは一度も会ったことがなかった。彼に会うには列車と長距離バスを乗り継いで、カタルーニャ地方を端から端まで横断しなければならない。同行してくれたのは健脚家でいかにも元気者といった感じの老女モランディ夫人だった。ヴェランダの母親と親交のあった夫人はわずかばかりのお金を渡しただけなのに、あの芸術家に会えるよう精一杯のことをさせてもらうわ、と言ってくれた。

ヴェランダはどうやら扱いにくい人物のようだった。ピレネーの寒村で（人から忘れ去られて）隠棲生活を送っており、うわさでは気難しくてやたら痰をはき、歯が一本もなく、騒々しい俗世間に背を向けて人を寄せつけずに暮らしている癇癪持ちの老人とのことだった。世間に背を向けているというのは都合のいい話で、だとすれば会ったとしても、ぼくがどういう人間かを知らないはずだった。

「あなたは私の孫ということにしておくわね」列車がバルセローナを出る直前にモランディ夫人がそう言った。冬の一日で、時間は朝の七時だった。十二時間経たなければフランスの国境に近い、美しい渓谷の中にひっそり身を潜めているドルムにはたどり着かない。ヴィットリオ・デ・ヴェランダさんの家はどこでしょうかと尋ねると、その名前を聞いて意外にも誰もがにこやかな顔で教えてくれた。

「時々村に降りてきて、いろいろな話をしてくれるんだ」と居酒屋の主人が言った。ドミノをしていた常連客たちも手を休めて、両側に潅木とサルビアが茂っている、延々と続く急勾配の曲がりくねった道を指差して、あの坂をのぼり詰めると農家が三軒あるが、その中の一番陰気な家が、痰を吐き散らす歯のないイタリア人ヴェランダの家だと教えてくれた。

「さあ、行きましょう」元気者のモランディ夫人がそう言って歩きはじめた。ぼくは一緒に歩きながら、一度だけ見たヴェランダの公演や、あの夜カンディレーハスの舞台で彼がのびのびと演技しているのを見て、深い感銘を受けたことを思い出した。芝居小屋に足を運ぶと、ぼくはいつもの習慣で平土間席の真ん中あたりの端の方に腰を下ろした。そこだと、場合によっては誰にも気づかれずにそっと抜け出すことができるのだ。当時すでに神話になっていたヴェランダのすばらしい演技についていろいろな話を聞かされていたが、あの日の彼にそのような演技ができるとはとても思えなかった。彼は歳をとりすぎてもう終わっている、とぼくは考えた。事実その通りだった。ただ、終わり方はぼくが思っていたのとはまったく違った。あの夜、彼は夢遊病者のようによろめきながら舞台上に現れると、夢に出てくる人間のように客席を見て、そのあと生まれ故郷のローマにある墓地の名前を列挙しはじめた。ぼくたちはあっけにとられて、頭がどうかしてしまったんじゃないかと考えた。しかし、間もなく彼がお客さんに別れを告げ、舞台から永遠に姿を消すことで、自分が生きていることを実感したいと思っていることに気がついた。そんな彼を見て、もとは人形だったのが、長い時間と大変な努力のおかげで少しずつ生身の人間に変わっていき、今ぼくたちの目の前に立っている姿になったのではないだろうかと、ふと思った。彼の言った言葉はある意味で、ぼくがあの時感じたことをまさしく裏書きしていた。

「私は」と話しかける声が聞こえてきた。「震える手で描かれた頼りなげな線描の絵を通してつねに浮かび上がってくる人物で、あなた方はゆっくり時間をかけてその人物になじんでこられました。それがこの私です。私には名前がありませんし、これからも持つことはないでしょう。それに私は大勢の人間であると同時に、たったひとりの人間でもあるのです。私はこれまでゆっくり時間をかけ、震える手で人間の形を作り上げてきたのですが、そのプロセスをあなた方に見届けていただくために忍耐力を求めてきました。ここにいるのはそうして描き出され、生み出された人間です。私は誰かです。ですが、私はもう出来上がってしまいました。間もなくあなた方の前から姿を消すでしょう。この私にも生きる権利があり、それゆえに芸術の奴隷であることをやめようと思っています。親愛なる観客の皆さん、さようなら（アッディオ・カーロ・プブリコ）。仕事をするよりも休息したい、そう考えて生きることを選び取ったのです」

そう言い終わると、彼は茫然としているぼくたちに背を向け、震える足取りでゆっくり元来た方角に姿を消したが、舞台正面奥への退場ぶりは見事というほかなかった。それにしても大したものだ、と感激している平土間の観客の間であわてて拍手を送りながら、ぼくは思った。

「今でもあの夜のことを考えて、急に拍手することがあるんですよ」と十字路にさしかかったところで、ぼくはモランディ夫人に言った。ぼくたちはそこにある三軒の農家のうちの一軒を見つけ出す必要があった。「ヴェランダさんに会ったら、何と言おうと思っているかわかりますか？　それまでのあなたの見事な演技と謎に満ちたあの引退時の所作とは何らかの形でつながっているんですよね、と言うつもりなんです」

「すばらしい身の引き方だったわね。でも、あなたも引退したら、不機嫌で癇癪持ちの老人になるつもりならべつだけど、そうでなければお手本にしてはだめよ」

「おっしゃるとおりですね」とぼくは答えた。「だけどぼくは引退するつもりも、怒りっぽい老人になるつもりもありませんよ」

「たぶん」とモランディ夫人が言った。「彼の名人芸はもっと単純なこと、そうね、ポーの作品に出てくる有名な盗まれた手紙［ポーの有名な同名の短篇で、探し物は目の前にあるとかえって気づかず見過ごしてしまうという内容の作品を指す］と同じように、あまりにも目につくので、かえって見過ごしてしまうようなものの中にあるのよ。だから、いいこと、直感を研ぎ澄ましておくのよ」

ぼくたちがもっとも陰気な感じのする農家だと見当をつけた建物からうるさく吠え立てる犬の吠え声が聞こえてきた。

「あの声からすると大きな犬みたいですね」とぼくは言った。

「あそこよ、きっとあの家だわ」と彼女が言った。

そのとおりだった。家の近くに行くと、静かにするよう犬をしかりつけている暗い人影が見えたが、それがヴェランダだった。彼はぞっとするほど恐ろしい目でぼくをにらみつけたが、モランディ夫人に気づいてうれしそうに目を輝かせた。

二人は長い間抱き合っていた。

「紹介するわね、私の孫よ」彼女は続けてそう言った。

とたんに氷のように冷たい風が吹き抜けた。

「君に孫がいたとは知らなかったよ、しかもこんな歳のね」

一瞬ぼくは追い返されるか、犬をけしかけられるのではないかと思った。しかし、そんなことはなかった。というか、その逆だった。ヴェランダは天使のような表情を浮かべ、モランディ夫人にこう言った。

「お孫さんを見て何を考えたと思う？　殺し屋、つまり死刑執行人が自分に向かって歩いてきたと思ったんだ」

「まあ、何てことを」と彼女が言った。「この子は私の孫ですよ」

「それはわかっているよ」と愉快そうに言うと、親しみを込めてやさしくぼくの手をポンポン叩いて握り締めると、ひどく芝居がかったジェスチャーで中に入るように言った。

ぼくたちは暖炉のそばの、足元に火鉢が置いてあるテーブルに腰を下ろした。彼は紅茶とクッキーでもてなしてくれて、手紙をもらったのに返事を出さなくて申し訳ない、実を言うと近頃ものを書かなくなってね、このところ一行も書いていないんだ、と弁解するように言った。そのあと取ってつけたように、冒険に富んだ人生を褒めたたえ、本というのはどれも気取ったところがあるように思えて、読む気がしないんだと言った。

ヴェランダは思い描いていた通りの人だった。コーデュロイの黒い上着を身につけ、首にマフラーとショールを巻いていた。家の一画に柵で囲んだ場所があり、そこにいる犬たちが時々吠えたり、遠吠えしたりしているのが聞こえてきたが、犬たちは彼の一部ではないかと思われた。

モランディ夫人は、私たちは手紙など書いていませんよと言ったあと、あそこにいる犬は以前に人を噛み殺したことはないのと尋ねた。ヴェランダは微笑を浮かべてこう言った。

「とんでもない。にぎやかなのがよくて飼っているんだよ」

ぼくはその間ずっと沈黙を守り、こっそり彼を観察しながら、おとなしい孫という役どころをしっかり演じた。モランディ夫人は長年顔を合わせていない間に起こったいろいろな出来事を残らず語った。ヴェランダはいく分退屈そうにしていたが、その目には母親の友達に対する深い愛情が込められていた。

モランディ夫人は自殺したオウムの話をした。ヴェランダがそれを聞きながらわれわれが贈り物として進呈したビルマのパイプに火をつけたので、ばかばかしいその話を面白がっているように思われた。

痼癪持ちだと言われているが、そんなところは少しも感じ取れなかった。たしかに時々痰を吐いたし、歯が一本もなく、おまけに背中が少し曲がっていた。その表情を見ると、けっしてとっつきやすい感じはしなかった。けれどもその目にはさまざまなものごとへの深いやさしさ、それに何よりもすばらしい人間味が感じ取れた。

その姿からは、カンディレーハスで引退公演をした時よりもはるかに人間的なぬくもりが感じ取れた。モランディ夫人の話に実に辛抱強く耳を傾け、時々何人かの友人の近況を尋ねた。彼が名前を挙げた人たちは残らず亡くなっており、モランディ夫人がそのことを伝えた。

「みんな光の王国に行ってしまったんだな」イギリスの詩人の言葉をもじってつぶやくと、カッと痰を吐き、ローマの墓地の名前を並べ立てはじめた。まるで葬儀の時の連禱のように、次から次へと名前を列挙していった。時おり犬の吠え声がその連禱にはさまれた。

夜の九時にテレビをつけたが、それは彼が唯一多少興味を持っている科学に関する教養番組だった。

「毎週金曜日のこの時間だけテレビをつけるんだ」とぼくたちに言った。

夕食のときにポルトガルが話題にのぼった。数日後にぼくは長期巡業であの国へ行くことになっていたが、目の前にヴェランダがいたし、影の薄い孫という役どころを演じ続けなければならなかったので、観光旅行であちらに行く予定があるんですとだけ言った。

「私の経験では」とデザートの時間にヴェランダが言った。「リスボンのカフェへ行くと、偶然出会った店の常連客から思いがけないアイデアをもらったり、見ず知らずの人の鋭い直感を目の当たりにすることがよくあるね」

それを聞いて、ヴェランダにもし人並みすぐれたところがあるとしたら、それは舞台を去る時に口にした謎めいた言葉と何か関係があるのではないか、と直感的に感じたのを思い出した。まずは舞台を去った時のことを何か訊こうとしたが、緊張のあまり頭が真っ白になって、自分でも気づかないうちに、彼に会って訊かなければならないと思っていた問題にいきなり踏み込んでしまった。

「自分を何かの師だとお考えですか？」

驚いた様子もなく、単純明快にずばり答えてくれた。

「自分の知るかぎり何の師でもない。だけど、できれば言葉を介さずに、沈黙を通して他人と意思を伝え合うという至難の技において、師になりたいと思っている。つまり、こちらが相手の考えを読み取り、相手は相手でこちらの考えが理解できるということだよ」

「つまり、私たちに余計なおしゃべりをするなって、あてこすっているの？」モランディ夫人が割って入って頓珍漢な質問をした。

ヴェランダはふたたびパイプに火をつけてこう言った。

「いや、そうじゃない。どうやら誤解しているようだね。私は沈黙を思考、もしくは怪物キメラのようなものとして崇めているんだ。言葉を介さずに人が互いに理解し合えたらどんなにいいだろうと考えているんだよ」

「時々そういうことがありますね」とぼくは言った。

「ああ、時々あるね」と彼が答えた。

ぼくたちは農家の広々とした台所で白ワインを飲んでいた。モランディ夫人は自殺したオウムの話をもう一度持ち出し、そのあとハトとオウムを掛け合わせて、言葉がしゃべれる伝書鳩を生み出そうとした男の話をしたあと、そのまま眠り込んで、煮込み料理用の鍋の上に突っ伏した。

「その辺を散歩しないか」とヴェランダが言った。

夜空には星がきらめき、一時間後に月食が起こることになっていた。

「あの小高い丘の上から見ることができるんだよ」と彼は言った。

ぼくたちはしっかり着込んで、砂利道、次いで土の道をしばらく歩いて、ドルム全体を見渡せる小高い丘の頂上にたどり着いた。間もなくはじまる月食を見ようと地面に腰を下ろした。言葉は交わさなかったが、突然彼が次のように話しはじめたところをみると、ぼくの沈黙の問いかけを聞き取ってくれたにちがいない。

「私は朝の八時に起きて、冷たい水を張った浴槽に飛び込むことにしているが、その儀式は冬ならほんの数分、春になるともっと長くやる。それで眠気を払うんだ。ひげを剃りながら歌をうたうんだが、音楽的な感性が目覚めることはめったにないので、歌は下手なんだな。だけど、いつも楽しくうたっているよ。村はずれを散歩し、牛乳と蜂蜜、それにトーストで朝食をとる。正午に郵便物が届いていないかどうか確かめ、昼食の時間になると家の前に菩提樹の古木があると空想する。その後昼寝をする。そんな風にして時間が過ぎてゆくんだよ。夜になると、時々村まで降りていって、けっきょく書かずに終わった自分の想像上の生活の断片をドルムの人たちに語って聞かせている」

ぼくは彼が芸術を捨てたことを理解した。彼の最高の作品は日々の日課だった。モランディ夫人は、ヴェランダの名人芸はたぶん非常に単純明快なことに根ざしているのだろうと言っていたが、確かにその通りだった。

月食の前のあのきらめくような瞬間のことは今でもはっきり覚えている。まるで目の前の壁が崩壊したように感じられて、自分たちの出会いを超越した場で、ヴェランダとぼくの心が通じ合っていると実感した。彼はぼくの考えを読み取り、ぼくが自分と同じ体験をしていることに気づいていたのだ。たとえそうでなかったとしても、結果は同じだった。

下着のままの逃走

1

日が暮れかけていた。ソル通りを歩いている時に、熱帯地方のようにとつぜん夜になった。しかしそこは熱帯ではなかったし、夢を見ているわけでもなく、目はまちがいなく覚めていた。自分のことを考えながらそのまま歩き続けて、かえって悲しそうに見えるのでほほえみは浮かべないことにした。ソル通りを歩いている人に、自分が誰なのか知られたくなかったのだ。そのあと、道化師の仮面で顔が隠されているのだから、心配するのはばかげていると気がついた。自分が誰なのかを知られることはないのだ。カーニバルのあの日は誰にもぼくの悲しみを悟られることはなかった。前日の夜、舞台に永遠の別れを告げたが、あの時は多くの人がぼくの悲しみに気づいていた。ぼくは心の中でほほえみを浮かべた。あの町、つまりリスボンの町を静かに悠々と流れる水量豊かなテージョ川のことを考えた。

もうたくさんだ。何事にも限度というものがある、とひとりつぶやいた。名声、金、社交界、何もかもクソッくらえだ。成功したせいで苦しむ羽目になったが、それよりも幸せに暮らすほうがよかった。カーニバルのあの日、港に着くと海を眺めたが、その時にふと別の人間になってみようと考えた。それなら文学上の人物になるのがいいだろう。少し前に読んだある短篇を思い出した。主人公はぼくとまったく違う人物で、栄光はあるが有名でなく、偉大なのにどこかくすんでいて、要職に就いているのに給料はなく、あるのは自分自身の名声だけという人物だった。短篇の中でその人物がしていることをすべてやってみようと考えた。手はじめに、自分が大物だという名声をかなぐり捨て、ひとかどの人物になるために必要とされる苦労や下らない努力をするのはごめんだと考えることにした。つまり浮浪者、辻音楽師になって、港町にあるホテルのゴミ捨て場にたむろしているお仲間を探すことにした。

その後しばらくの間、無精ひげを伸ばし、声を徹底的に痛めつけて潰し、古い手回しオルガンを買い、鏡の前で軽く足を引きずる練習をし、服もぼろぼろにし、コンロの下には安物のコニャックをつねに隠しておき、そのコンロで見るからにまずそうな料理を作った。これでようやく短篇に出てくる浮浪者になれたにちがいないと思えた夜に、ぼくは港のほう、アトランタ・ホテルのゴミ捨て場に足を向けたが、そこでは焚き火がたかれ、何人かの浮浪者らしい男が集まっていた。彼らはぼくが主人公になりたいと願っていた物語の登場人物を彷彿(ほうふつ)とさせた。

そばへ行くと、段ボール箱と野菜の残りくずが積み上げてある暗い片隅に腰を下ろした。そこで黙って彼らの話に耳を傾けた。日々の暮らしを話題にしていたが、その声は暮らしと同じように救いのない惨めな響きを帯びていた。

とりとめのない話をだらだら続けていたが、いちばん年嵩の男が突然話の流れを引き戻した。あの短篇でも同じようなことがあったので、ぼくは思わず耳をそばだてた。いちばん年嵩の男が、もし望みがかなうとしたら、何をしたいか一人ひとりに尋ねていった。ひとりがしゃがれた声で、以前にやっていた靴屋を取り戻すことができさえしたらいいと言った。男はそのあともしゃべり続けたが、ぼくはいいかげんに聞き流した。

そんな話よりも、焚き火の炎がアトランタ・ホテルの壁に描き出している影法師に興味をそそられた。ホテルの向こうでは、銀造りの山刀を思わせる月の光の下、崩れかけた桟橋や古い橋の橋脚、そしてそうしたものすべての背後、町の向こうに夜が全面的に敗北しているのが見て取れた。まるであの短篇に出てくるような情景だった。

続いて、別の浮浪者が、俺は金がほしいと言い、その次の浮浪者は行方知れずになった娘を見つけ出したいと言い、三人目もまた金がほしいと言った。そんな風にして車座になった浮浪者たちが次々に自分の願いを語った。全員が話し終え、残ったのは暗い片隅にしゃがみこんでいるぼくだけになった。お前の望みは何だとみんなから問われ、ためらいつつしぶしぶこう言った。

「自分の望みは、国王になって権勢をふるい、広大な国を支配することだ。ある夜、宮殿で眠っていると、国境から敵兵が攻め込んできて、夜明け前には騎士たちが城の前に居並んでいる。抵抗する者はなく、目が覚めたものの恐怖のあまり服を着る余裕もなく下着姿のまま逃走せざるを得なくなり、追われ追われて眠ることも休むこともできず、山や渓谷、森や丘陵を通って何とか無事にこの片隅にたどり着く。そんな人生を送りたいんだ」

彼らは戸惑ったような表情を浮かべて互いに顔を見合わせた。短い沈黙の後、いちばん年嵩の男がぼくのいる隅のほうに来て、そんな願いを抱いて何を手に入れたかったんだと尋ねた。

「下着だ」とぼくは答えた。

一時間後、ぼくは短篇と同じように、千一夜物語の国である幸せのアラビアに向かう船に乗り込んでいた。

2

スペイン市民戦争。ぼくはその戦争の最中にいた。けれども、時々戦闘がまるで声のない放送番組のように感じられて、その時は戦争の中にいなかった。別の時は行動、行動しかなく、ぼくは包囲されたテルエルの町に入城したが、ものを考える余裕などなかった。

そこで急に目が覚めて、現実に引き戻された。ドアの向こうにいる誰かが、そろそろタンジールが見えるぞと教えてくれた。ぼくは寝ぼけ眼をこすりながら甲板まで上っていった。霧雨が降り、あたりが濡れそぼっている上に、足元がよく見えず滑りやすかった。遠くの町がどんよりとした空を背景に凹凸のある黒ずんだ幾何学模様を描き出していた。船の煙突から出る煙に汚染されたようにあたり一面が暗かった。ぼくは手すりにもたれかかると、あとに残してきたもの（本当はほとんど何もなかったが）について考えた。そして、それまでの日々のことを人知れず思い返して、不機嫌になった。人生のわずかばかりの断片（フランス人ならトランシェ・ド・ヴィというだろう）でしかなく、正直なところ取るに足らないものだった。ぼくの過去はひょっとすると人生のわずかばかりの断片、それもいくつかは陳腐なもので、残りはばかげたものに要約されるのかもしれない。いずれにしても、忘却から救い上げられたのは数えるほどしかなかった。残念なことに、人生というのは大きな可能性を秘めたものではない。忘却の淵に沈んだ残りの断片はカレンダーのページのようなもので、ぼくはその中にいたり、いなかったりしたが、そのあたりは市民戦争の夢と変わりなかった。ほとんどおぼえておらず、その瞬間に五感がとらえた漠然としたイメージは残っているものの、それもカレンダーのページのようにあっという間に消えていった。ぼくの人生もそうで、どこかに飛び去って、もはや取り戻すことができないのだ。

ぼやけた水平線に浮かぶタンジールの町を眺めながら、そんなことを考えていた。横で二人の旅行者が同じように手すりにもたれかかってパイプをふかしながら、押し黙ったまま波をじっと見つめていた。しかし、すぐに二人は会話を中断しているだけだということに気がついた。彼らはイギリス人で、ある女性のことを話題にしていた。二人のうちのひとりがパイプを海に投げ捨てると、震える声でささやくようにこう言ったので、そうだとわかったのだ。

「ジェニーは信じられないほど人を深く愛する人なんだよ」

熱に浮かされたようなその言葉を聞いて、相手が誰なのかわからないのに文字通り心を激しく揺さぶられた。言葉というのは事物が純粋な音声となったもの、つまりその幻影だとどこかに書いてあったのを思い出した。ある意味で自分がひとつの言葉に、ひとつの幻影に恋してる、ジェニーに恋をしていると感じた。

その後、ぼくはある物語、より正確にはある物語の断片に耳を傾けた。

「ある日、ジェニーはイスラム教徒の女に恋をしたが、彼女たちが恋について抱いている概念が自分たちのそれとはちがうということを忘れていたんだ。つまりキリスト教徒の女性を軽蔑していて、たいていの者はキリスト教徒の女性にどれほどひどいことをしても許されると考えていることを忘れていた。そのイスラム教徒の女性というのはジェニーの召使だったんだ。所有欲が強く、冷酷で、相手を愛するのと引き換えに贈り物をもらうことしか考えていなかった。ジェニーを愛してはいたが、彼女なりの愛し方でそうしていただけなんだ。彼女は媚薬の作り方を知っていた。薬草をもとにして作られていて、飲んだ人の心を奪ってしまう、効能抜群の媚薬なんだ。睡眠薬に添加物を加え、さらにヒヨス［ナス科の植物で、鎮痛、鎮静薬として用いられる］やカンタリス［ツチハンミョウを乾燥して作る粉末で強い毒性がある］といった薬草を混ぜ合わせて作る媚薬だった。ジェニーはしばらくその薬を飲まされつづけるうちに、少しずつその毒に侵されていった。彼女は後戻りできない道に踏み込んでしまい、狂気と死の世界に突き進んで行ったんだ……」

その瞬間、以前モロッコを旅した時に出会った口承の語り部、蛇使いのイメージが頭をよぎった。抗いがたい神秘的な力に衝き動かされて、ぼくはその話をしているイギリス人に飛びかかり、大気を真っ二つに切り裂くほど研ぎ澄まされたナイフのような沈黙で相手に迫るとこう言った。

「そこでやめろ！　もう十分だ。そのあとの話はぼくの空想のままに任せてくれ」
　ぼくはじりじり後ずさりしながらその場から遠ざかった。ずっとぼやけたままの水平線に背を向けたくなかったのだ。

3

　マラケシュの声に関する話を聞いたことはあったが、その声が本当に特殊なものかどうかわからなかった。おそらく世界の他の声とは違うのだろう。ジャマ・エル・フナの広場を見渡せるカフェ・テラスに腰を下ろした時に、ぼくはそうひとりごとを言った。その時ふと、声にどんな色がついているかについて語った人はいないが、マラケシュならそういうことはありうるだろうと考えた。ペトラルカのシエナの土色の声、ヒンズー教の托鉢僧が着ける衣服の色の声。マラケシュではたぶん声に色がついているのだろうと考えた。間もなく自分の考えが正しいことを確かめることができた。モロッコ人のボーイが近づいてきて、何になさいますかと尋ねた。それを聞いて、この声は塔の上から祈禱を呼びかける祈禱時報係のよく通る声を思わせるが、まさにこれはモスクの塔に塗られた石灰色の声だと思った。ぼくは敬虔な思いを込めてお茶を頼んだ。

その時、黒い肌にしみひとつない真っ白な長衣を着けた、気の触れた黒人が現れた。ぼくはその男に、そして彼が朗々と響かせる軽やかな構造物に、全神経を集中させた。それまであれほど激しい怒りのこもった感情表現を一度も目にしたことがなかった。ぼくにはうまく聞き取ることはできなかったが、リズミカルな音の振動とわずかに連動しながら、その場の雰囲気を強力なパワーで一気に鷲づかみにすると、身ぶりによる区切り目とともにある物語を再現しようとしているように思われた。

あの気の触れた黒人が知っているのはたったひとつの物語だけで、その物語というのはマストのように高々と掲げられた哀れな木偶坊（でくのぼう）について語っているのだろう、とぼくは想像した。彼は自分自身と冒険心に駆られた日々のことを語っていた。気の触れた黒人は遠い土地を旅し、自分の旅行記の中に、こっそり聞き込んださまざまな物語の断片を自分のものとして取り込んでいた。そうした断片をもとに、怒りに満ちた音楽的な自伝小説を作り上げていったのだ。ジャマ・エル・フナに集まっている話好きで熱心な聴衆に、シンコペーションのリズムと巧みな身ぶりで作り上げた夢のような物語を毎日語って聞かせて、稼ぎにしていたのだ。

それは彼が生きた人生の物語、もしくは要約した似非（えせ）物語だった。天に訴えかける四つの身ぶり、そしてジャズマンの白いフロックコートの色をした声が刻むリズミカルな四つの音の振動に凝縮された人生だった。気の触れた黒人の声。あの黒人の声はすべてに色がついていた。

4

チュニジアの南、ドゥーズのオアシスに生えている高いヤシの木に囲まれて、ぼくはあの夜、外人部隊に志願した逃亡者になっていた。遠く離れたグラン・エルグ・オリエンタル［チュニジア南部に広がる砂漠地帯］の白砂の中には、ぼくの秘めやかな幻影があり、アクション映画の映像や印刷された文字の記憶が、たとえば、敵軍の新月刀の刃に照り返すまぶしい陽の光があった。砂漠の明るい夜で、周りには遊牧民のベドウィンと、自らボジュと名乗り、とめどなくさまざまな話を繰り出すヨーロッパ人がひとりいた。兵士としてのぼくは、目の前で自分のアイデンティティがなめらかにゆっくり無名性の中に消えていくように感じていた。ぼくは恐怖を、秘めやかで名づけようのない恐怖を感じていた。自らそう望んでいたくせに、すべてが崩壊し、狂気をたたえた孤独な水の深みで溺れ死ぬのではないかと不安だったのだ。チュニジアの南にあるドゥーズのオアシスで背の高いヤシの木に囲まれて死ぬのではないか、と。近くには泥を固めて作った小屋があり、水たまりのそばで、草を食んでいるヤギの群れがいた。すでにぼくは自分自身から離れ、ひとつの大いなる目になっていた。目をこらすと、水たまりに映る植民地兵の服装をした自分の姿が見えた。ぼくたちを苦しめた砂嵐が通り過ぎたあとの明るい夜、どこまでも静かで自閉的な夜。ぼくの横ではボジュと名乗った男が止めどなくしゃべり続け、話に出てくる人物たちの声と言葉を呼び覚ましていた。彼らは自分の人生の断片を語りながら、ゆっくりと砂漠を進む穏やかな遊牧民のキャラバンのようにぼくの目の前を通り過ぎていった。あの夜、チュニジアの南、ドゥーズのオアシスで背の高いヤシの木に囲まれて、ぼくは旅を通じて聞かされた見知らぬ人たちの人生の物語、あるいはその断片を残らず自分のものにしてしまおうと心に決めた。彼らの物語を残らず記憶にとどめ、それらとともにかつて自分の人生であったものを、ある兵士の過去を創造し、聞きたいという人に肉声で聞かせようとひとりつぶやいた。あの夜、ドゥーズのオアシスで高いヤシの木に囲まれて、ぼくはぼくであると同時にボジュであり、またゆっくり進んでいく無名の声と無名の運命が語る物語のキャラバンでもあるのだという、心地よい、けれども同時に苦い味のする思いに取り憑かれた。

5

旅行者の言語である一人称でしゃべりながらセフィル通りを歩いていて、ふと気づいた。時々、通行人の誰かがこれといった理由もないのに急に早足になり、黒い裂け目に姿を消してゆく。通りの突き当りにあるその裂け目が、われわれを待ち受けている気がした。その時、ぼくは自分がはっきりと分裂し、自分自身から抜け出し、同時に大勢の人間が自分の中になだれ込んでくるように感じた。自分の肉体の感覚が急に奪い取られたが、視線を上に向けたとたん、直感的に自分の頭頂部が失われていて、通りの突き当たりでぼくを待ち受けている隙間と同じ黒い穴になっていると感じた。当惑しながらも、ぼくは頭にできた裂け目に挨拶した。そして、最初は穴に姿を変えた裂け目がぼくを現実に引き戻した。水を打ったばかりの舗道と地上すれすれに浮かぶ軽い雲、めったに雨をもたらすことのないアレクサンドリアの軽い雲の匂いがした。しかしそのすぐあとに、まるでサイクロンのように裂け目が千とひとつの細かなひび状の亀裂に変わり、ぼくの人生の物語を含めたすべての物語の糸をたえまなく引きちぎっていった。そうしたひび状の亀裂のひとつの中に青い円形の穴ができた。煙突を吹き過ぎる風の音に似た唸り声のようなものが、頭頂部の青い穴を通してぼくの意識を一気に吸い上げた。そして、アレクサンドリアの上にすとんと夜が落ちた。

6

ベレニケの遺跡の近くに漁村がある。そこの原住民に別れを告げようとした時起こった出来事は、ギルバート諸島のひとつでスティヴンソンが経験したと語っていることとよく似ていた。ぼくは数日間、原住民と一緒に暮らしたが、その時に一生懸命通訳してくれる奴隷の助けを借りて、さまざまな声を使い分けながら波乱に富んだ自分の人生、もしくはけっきょく同じことだが、ほかの人から聞き、旅の中で自分自身のものにしていったさまざまな物語を語って聞かせた。熱心に耳を傾けてくれたあの村の住民全員にあいさつしたあと、お別れの時間がきたとたんに風が止まってしまった。小さな港で三日間風待ちのために足止めをくらったが、その間原住民は木々の向こうに身を潜め、姿を見せなかった。《というのも、別れの挨拶がすでに済んでしまっていたからだ》。

7

「実は」とひとりのオランダ人がポート・スーダンでぼくに言った。「この制御できない山のように巨大な熱情が何なのか、まったくわからないんだ」そのオランダ人は怒り狂って、古い『お告げの書』をぼくに見せた。「しかし、はっきり言わせてもらうが、どのみち君の言っているのとは逆に、おれは青銅の熱病に苦しめられている操り人形じゃないし、ましてやエチオピア皇帝お気に入りの奴隷でもないんだ」

ぼくはそんなことを言った憶えはないと言おうとしたが、何とか思いとどまって次のように言うだけにとどめた。

「ブラボー！」相手がまったく脈絡のないことを言ったので、うれしくなったのだ。そして、ぼくたちは煮えたぎる金属よりも強烈なあの強い酒を飲み続けた。

「ところで」と彼はふたたびあの古い『お告げの書』を振り回しながら言った。「ひとまず君の言うことに同意するよ。というのも、青ざめたスピロヘーターが攻撃する最初の神経は視神経だから、まず目が悪くなりはじめるんだ。いずれにしてもそうした一連のことから、狂気というのは鋼鉄製の小鳥であり、クリスタル製品が所狭しと並んでいる部屋の中に飛び込んで、らせん状に激しく飛び回ってそれらを粉々に砕いてしまうものだと君が推論したのはすごいことだと思うよ」

「ブラボー！」とぼくは言った。そして、お酒がなくなった。

8

「あの古いキャバレー」と、ぼくは暗い気分になってつぶやいた。「悪の巣といっていいあの古いキャバレーは、消えた顔、この世から永遠に姿を消した昔の仲間たちでひしめき合っていた。どんなに長生きしてもぼくは、偉大なジュゼッペ・ベンティヴォリオが殺された夜のことは忘れないだろう。彼のテーブルにはぼくたち六人が座っていたが、彼はすでにしたたかに飲んでいた。明け方近くに見かけない顔のボーイがやってきて、通りにいる人が、話したいことがあるそうですと彼に伝えた。《わかった》とジュゼッペは答え、立ち上がろうとした。ぼくは無理やり彼を座らせた。《話があるといってどんな人間が来ようが、絶対にこのキャバレーから出ちゃだめだ》。朝の五時のメッシーナで、空が明るみはじめていた。「で、その人は店を出たの?」ジブチのうらさびれたあのカフェで、同じテーブルについている女がはじめて聞く話だという顔で尋ねた。

「もちろん出て行った。入り口のところでぼくたちのほうを振り向いて、ダイキリをもう一杯注文しておいてくれと頼み、『すぐ戻るから』と言い残して出て行った。彼は外に出たとたん、弾倉に入った銃弾を残らず体に撃ち込まれた。ジュゼッペ・ベンティヴォリオはぼくの生涯でたったひとりの友人だった。ぼくがここに来たのはそんな話をするためじゃない。復讐のためだ。犯人はこの町に住んでいて、あんたもよく知っている男だ。君の亭主だ」

女は顔色ひとつ変えなかった。自分には関係のないことだと言わんばかりに肩をすくめただけだった。安カフェのよどんだ空気のせいで彼女の表情に一瞬、葬儀の場にいるような悲しみが浮かんだ。

「あんたを訪ねてきた人が外で待っているよ」とみすぼらしく怪しげな店の主人が言った。

「何があっても外に出てはだめよ」とぼくは銀メッキしたような甘ったるい彼女の声を真似て言った。

しかし、ぼくは外に出た。あの時と同じく、ジブチの空も明るみはじめていた。エチオピアの忘れがたい夜明けとともに、朝の極北の光、そして冷え冷えとした人気のない通りと北の色彩の魔術が銃声を消し去った。

9

ぼくは自分が誰だかわからない。この声が誰のものかもわからない。わかっているのはアデンを通り過ぎ、武器と奴隷を売買したことだけだ。キャラバンを組んで、ショアの王メネリク［一八四四～一九一三。現在のエチオピアを統治した国王メネリク二世］の宮殿の入り口まで行くだろう。象牙の王国を訪れてみたいのだ。ヨーロッパに戻るのは生き埋めにされるようなものだ。

10

ぼくはひとりの人間であり、多くの人間であり、自分が誰なのかを知らない。知っているのは、昨日ふたたび歩きはじめて、木曜日の散歩をもう一度繰り返したということだけだ。荒れ果てた丘の向こうの暗闇とほこり。幹線道路から明かりのついた自分の部屋を眺めた。ぼんやりした光が見える窓のそばで、さっきまで自分の人生の断片を書き綴っていたが、書き終えたあと、散歩に出た。もうこれ以上何も書かないだろうと書きつけたあとのことだ。書き言葉に別れを告げた。書き言葉というのは、自分たちを覆い隠すためにしか役立たないのだ。ぼくはこの特別な土地、シバの女王の国に着くとすぐにそうつぶやいた。ぼくはサナア［イエメンの首都］から四レグア［距離の単位で、一レグアは約五・五キロ］離れたところに住んでいて、毎晩その町に出かけていって、いつも礼儀正しく熱心に耳を傾けてくれる人たちにいろいろな話を語って聞かせる。ぼくの聴衆は一風変わっている。闘争心の象徴であるジャンビーヤと呼ばれる短剣を持ち、ぼくのまわりを半円形に取り囲み、話に耳を傾けている人たちの古典的な戦闘がどのようなものかを見せてくれる。ぼくは話を引き延ばして彼らを楽しませる。バスからテノールまでさまざまな音域の声のレパートリーがあるので、必要に応じてそれらを扇のように広げて語っていく。シャイレ川の水の涸れた川床のそばでぼくは語る。いろいろな話を。あそこ、ソロモンに恋をした川のそばで、以前していた腹話術師の経験をうまく生かして、技巧を凝らしながら外国の言葉で話をする。ひとつの話が終わると、彼らは決まってもっと話してくれとせがむ。というのも、耳慣れない韻を踏みながら雨の音のように語り続けてほしいと願っているのだ。そして、次の話にかかると、ぼくのランプの光のそばで、彼らはふたたび現実から遠く離れたところにある世界に魅了される。数々の旅を夢想し、さまざまな国を失い、ここサナアで毎晩肉声で物語を話すという熱情がよみがえってくるのを共に祝ってくれる。昔と変わりなく。ぼくと彼らの向こうに、サナアの暗闇と荒れ果てた丘の向こうに、幸せのアラビアとかつてぼくの人生だったものの向こうへと、作り話は飛び跳ね、広がってゆく。今夜、これといった理由もないのにぼくは自分の人生のために涙を流す。ぼくたちが間もなく放棄するはずの、すべての本、すべての物語の結末では涙に掻き暮れることが求められるかのように。

永遠の家

母のことはほとんど知らなかった。ぼくが生まれた二日後に、母はバルセローナの自宅で殺害された。謎としか言いようのない犯罪事件だったが、その謎が解決されたと思える日が訪れた。それはぼくの二十歳の誕生日で、死の床にあった父がぼくを呼び寄せ、真綿でくるんだような説明はしたくないし、自分は間もなく永遠に口を閉ざすことになるだろうから、その前にどうしてもお前に話しておきたい大事なことがあるので、それを伝えておこうと思っていると言った。

「言葉でさえわしたちを見捨てることがある」父がそう言ったのを今でも覚えている。「それがすべてだ。だが、その前にお前の母親が死んだのは、わしの差し金によるものだと伝えたかったのだ」

それを聞いてぼくは真っ先に、金で雇われた殺し屋を思い浮かべた。最初は困惑したが、父の言葉に嘘はないと思うようになった。血塗れになった斧を思い浮かべるたびに、足元の世界が崩れ落ち、そのあとには感傷的な筆致で描かれた歓喜と充足感の情景だけが永遠に残されるように感じていたぼくは、そのせいで父親の姿を理想化し、神話的な男のイメージを作り上げるようになった。男はつねに夜明け前にパジャマ姿で起き出し、肩にショールをかけ、タバコを指に挟み、煙突の風見鶏のほうに目をやりながら東の空が白むのを待っている。男は狂いない規則正しさと人間離れした粘り強さで自分自身の言葉を創造する孤独な儀式に打ち込み、回想録、あるいは郷愁の財産目録にあたる本を書こうとしていた。父が亡くなれば、書き残されたものは愛情を感じつつもぞっとするほど恐ろしい遺産の一部になるのだろうといつも考えていた。

しかし、ポルト・デ・ラ・セルバで迎えた誕生日に、父から受け継いだ遺産から本能的な愛情が消えうせ、恐怖だけが残された。財産目録と共に、父はある犯罪にまつわる驚くべき物語を遺したのだ、そう考えて、ぼくは底知れない恐怖を覚えた。父が語ったところでは、すべてのはじまりはぼくが生まれる一年前の、一九四五年の四月初旬までさかのぼる必要があるとのことだった。当時、父はまだ若いつもりでいて、結婚生活で二度もこっぴどい目に遭ったというのに、三度目の結婚という冒険に乗り出そうとしていた。たまたまフィゲラスで知り合ったアンプルダン出身の若い女性に手紙を書いた。その女性が自分を幸せにしてくれるすべての条件を備えているように思えたのだ。というのも、彼女は貧しくしかも孤児だったので、保護者になったり、惜しみなく経済的援助をしたりして、いろいろ面倒を見てやることができた。しかも、彼女は美人で優しく、おまけに下唇が震いつきたくなるほど肉感的だった。何よりも信じられないほど純真で従順だった。つまり、男性の思うままになる性格だったので、二度にわたる結婚生活で地獄を見てきた父にとって、彼女のそうしたところはとても魅力的に思えた。

たとえば、最初の妻は異常なまでに激しい怒りの発作に駆られて父の片方の耳を切り落としたのだが、そのことも考慮に入れる必要があった。不幸なことにそれまで二度結婚に失敗していたので、父が三度目の妻は優しくて従順な女性であってほしいと願ったのも無理はなかった。

母はそうした条件をすべて兼ね備えていたし、父は言葉を選びつつ書いた手紙を出すだけで相手の心をとらえることができると考えていた。そして、その通りになった。巧みな文章でつづられた熱情のこもった手紙を受け取った母は、間もなくバルセローナに出てきた。ゴシック地区の迷路のように入り組んだ狭い通りの中心に、年代を感じさせる黒ずんだ父の邸宅があったが、そこのドアをノックした。雨の降る中、青いスーツケースを下げ、玄関先に立っている母を見て、父は心を大きく動かされ、それを包み隠すことなどできなかった、というか隠そうともしなかったそうだ。母は絨毯の上にスーツケースを置くと同時に、声を震わせ、孤児らしいおどおどした態度で中に入ってもいいでしょうかと尋ねた。

「あの日、バルセローナは雨だった」と死の床にあった父が言った。「それはけっして忘れることができない。というのも、あれが敷居を越えて中に入ってくるのを見た時、腰のあたりにザーッと激しく雨が降っているように思え、かつてないほど激しいエロティックな衝動に駆られたのだ」

母は今では踊る人もいない中世スペインの舞踏ティラーナを踊るのが得意なんですと言った。それを聞いて、父の衝動はさらに激しく抑えようのないものに変わったらしい。いささか時代錯誤的な踊りに興味を引かれて、父は今この場で踊ってくれと頼んだ。どんなことでもいいから、なんとかして父を喜ばせたいと考えて、母は喜んで求めに応じて、疲れ切るまで踊り、とうとう父の腕の中に倒れこんだ。父はみじんの迷いもなく、一日も早く結婚してほしいとやさしく母に言った。

その夜、二人はベッドを共にした。恋するものはとんでもなくおかしなことを考えるものだが、父もやはりそうで、自分の空想していた通りこの女は枕の上でさえずり、歌をうたう、この女といると、まるで小鳥と寝ているようだと考えた。その歌声は誰にも真似のできないものに思われ、彼女の骨は、その下唇や歌声とおなじく、小鳥のそれのようにもろくて、今にも折れそうな感じがした。

「その夜、バルセローナに降りしきる雨の音の下でお前が孕まれたのだ」父は突然大きく目をむくとそう言った。

死を間近に控えた人がゆっくり溜息をつくと不安に襲われるものだが、あの時の父も大きく溜息をつくと、グラスにウオッカを注いで持ってきてくれ、さもないとここで話を中断するぞと脅しをかけてきた。ぼくは無理を言ってはダメだと諭したが、そこで話が途切れるのが怖くなり、これ以上聞けなくなっては大変だと考えあわててキッチンに駆けこむと、コンスエロ叔母さんに見つからないようこっそり二つのグラスにウオッカを注いだ。今になって思うと何もあそこまで心配する必要はなかった。というのも当時コンスエロ叔母さんはサロンにある黒ずんだ絵を前にしてもっぱら妄想をたくましくしていたからだ。数人の天使が階段の上で汚れない媚態を作っている絵で、叔母さんはそれにのめり込んでいた。自分の兄弟が緩やかではあるが、仮借ない病気の進行のせいで死に瀕していることが頭から離れない叔母は、おそらくそうすることでその苦しみから目を逸らしていたにちがいない。

一方父は、自分の物語が作り出す妄想の中に生きることしか頭になかった。

喉の渇きを癒すと、父はふたたび話しはじめた。ハネムーンは二つの町、つまりイスタンブールとカイロで過ごしたが、トルコのイスタンブールでやさしくて従順な妻の行動に異常なところがあるのにはじめて気づいたという。一方ぼくは、父があの二つの町をパリとロンドンと取り違えているのに気づき、その時はじめて父の話もどこかおかしいと感じたが、口をさしはさまないことにした。父が母の異常さは性格的な欠陥というよりも、むしろ風変わりな奇癖だったと説明しはじめたからだ。母はパンを買い集めるのが好きだったのだ。

イスタンブールに着くと、母は真っ先にパン屋に飛び込んだが、そのうちそれが一種の奇妙な競技になった。二人でパンを買いあさったが、べつに食べるためではなく、母がパンを買い集めて詰め込んでいる大きなバッグをいっそう重くするためだけで、ほかに何の目的もなかった。間もなく父はもうやめたらどうだと言い、そこまでパンに入れ込むのは何か特別な理由があるのかと苛立ちをあらわにして尋ねた。

「兵隊さんだって食べなきゃいけないでしょう」母は頭のおかしい人間を相手にしているように笑顔を作って、さらりとそう答えた。

「どういうことだい、ディアーナ、ふざけて言っているのかい?」と父は困惑のあまり口ごもりながら言った。

「そういうばかな質問をするあなたのほうこそふざけているんじゃないの?」母は近視の人間特有の穏やかで夢見るような眼差しで、放心したような表情を浮かべてそう答えた。

父の話によると、二人はイスタンブールに一週間滞在した。カイロに着いた時、母が提げていた袋にはパンが四十個ほど入っていた。夜もかなり遅かったので、この分ならカイロのパン屋については気をもむ必要はないだろうと考えて、父は幸せな気分になって、袋を持ってやろうかと言った。あの時は、それが結婚生活における最後の幸せな時間になるということにまだ気づいていなかった。

ナイル川に停泊している船の上で夕食をとり、ホテルの月明かりに照らされた部屋のテラスでロゼのシャンパンを飲みながら二人でダンスをした。しかしその数時間後、カイロで迎えた夜も遅い時間に父ははっと目を覚ました。夢遊病者だった母がソファの上でティラーナを狂ったように踊っているのに気づいて、仰天した。平静さを失わないようにしながら、母が完全に疲れきってベッドにもぐりこみ、深い眠りにつくのを辛抱強く待った。しかし眠ったところで、次の驚きが待っていた。母が突然父の方に向き直ると、寝言で、有無を言わさぬほど厳しい命令口調で次のように言うのが聞こえたのだ。

「整列！」

父が驚きから醒めないうちに次の言葉が飛んできた。

「回れ右、解散」

その夜一睡もできなかった父は、妻が夢の中で自分ではなく一個連隊を相手にしているのではないかと考えるにいたった。翌朝、現実を直視した結果、父としては、昨日夜遅くに妻がティラーナを踊り、数々の命令を下し、兵隊たちにパンを配ることしか考えていない気の触れた将軍のような行動をとったことを事実として認めざるを得なかった。ひとつ慰めがあるとすれば、昼の間妻がいつものように優しく従順な態度をとっていることだけだった。しかし、それもたいした慰めにならなかった。というのも、その後カイロで過ごした夜に夢遊病の踊りは再発しなかったものの、命令する回数が増え、しかもそれが徐々に高圧的なものになってきたのだ。

「ディアーナの立てる音が」と父が言った。「紛れもない拷問のようになっていった。というのも、毎日目を覚ます数分前に母さんのいびきが激しい息遣いに変わっていくのだが、それが明け方の起床ラッパそっくりの音に思えはじめたんだ」

父は錯乱しているのだろうか？　まったく逆だった。自分が何の話をしているかちゃんとわきまえていたし、しかも死を目前にしながら持ち前のユーモア感覚も健在で、ぼくは胸を打たれた。作り話だろうか？　たぶんそうだろうと考え、ぼくは父に疑いのまなざしを向けてみたが、父はまったく動じることなく、ひどく生真面目な顔で冷静に話を続けた。

父の話では、目が覚めると、母はふたたびとても優しくて従順な妻に戻っていたとのことだった。ただ、パン屋のそばを通りかかったり、散歩している時に軍人の姿を見かけると、その目に妙に悲しげな表情が浮かんだという。当時カイロは戦時下体制にあり、ナイル川のそばにバリケードが築かれて、その向こうで兵士たちが警備に当たっていた。ある朝など、母は兵隊たちの前でティラーナのステップを踏んでみたことさえあった。

父はこの問題と真正面から向き合って母と話をし、たとえば思い切って次のように言ってみようかとまで考えた。

「君には少なくとも二つの人格があるね。まず、夢遊病者のそれだろう、それにソファの上でティラーナを踊るし、おまけに夫婦のベッドを兵士の訓練場にしてしまうんだからね」

しかし、父は何も言わなかった。というのもそんなことをすればかえって事態を悪化させ、結局のところ人に命令を下すという隠れた性格的資質をいっそう顕在化させることになりかねないと不安になったのだ。しかし、ある日ラクダに乗ってピラミッドのそばを通りかかった時に、父がうっかり口を滑らせて自分が書こうと考えている短い物語のプロットを話したのだが、これが命取りになった。

「ディアーナ、私は今とても仲がよくて、模範的と言えるような夫妻の話を書こうと思っている。幸せな物語というのはたいてい面白くないだろう、だから妻が毎晩夢の中で軍人に変身するというストーリーにしようかと思っているんだ」

父がそう言い終らないうちに、母がラクダから降ろしてもらえないかしらと言い、父をにらみつけると、トルコとエジプトで買ったパンを詰めてある袋を持つように命じた。父は恐怖で震え上がった。というのも、これからは悪夢のように重い外国のパンを担ぎ続けるだけでなく、次から次へと下される命令に従わざるを得ないとわかったからだ。

バルセローナに戻る頃になると、母は有無を言わさず命令を下すようになり、父はまるで外人部隊の将軍を目の前にしているような気持ちになった。何よりも奇妙だったのは、母が最初から完全に将軍になりきっているように思えたことだった。というのも、母は放心状態になり、自分がアルジェリア製のずっしり重い絨毯やパスティス［ウイキョウなどで香り付けしたリキュール］、アブサンを飲む時に用いるフィルター、ハシッシュ用の水ギセルなどに囲まれた世界をさまよいながら、明るい月に照らされたオアシスのそばの村から砂漠の地平線の様子をうかがっているところだと言ったのだ。

　バルセローナに戻って、ゴシック地区の古い邸宅に落ち着くとすぐに友人たちが訪れてきた。彼らは、妻が火のついたタバコを男みたいに口の端にくわえてぷかぷかふかし、一方夫のほうは波に洗われ磨き上げられた石のように無表情でのっぺりした顔になり、砂漠の太陽に焼かれたせいで目がひどく悪くなり、面白くも何ともない植民地の新聞を読み返している年老いた兵士のようになっているのを見て仰天した。

「お母さんは将軍だったんだ」最後に父はそう言った。「あとはもう、誰かと契約を結んでお母さんを殺してもらうしか手はなかった。ただ、どうしても跡継ぎがほしかったので、お前が生まれるまで待つことにしたんだ。自分の犯した罪をお前に告白する日がいつか来るだろうが、その時はわかってもらえるはずだとずっと考えていたんだ」

　そこまで聞いてぼくにはっきりわかったことはただひとつ、死を目の前にした人間としては実に見上げたものだが、父がつねに作り話をしなければならないという思いに駆られ、絵空事を語りつづけていたことだ。死が間近に迫っているにもかかわらず、まだ話をでっち上げようとする意欲を失っていなかったのだ。そして虚構の家とその家に永遠に住み続ける恩恵をぼくに遺そうとしているように思われた。だから、ぼくも父が遺してくれた言葉の乗り物に飛び乗ろうと決めて、何の前置きもせずにこう言った。

「たぶんあなたはほかの誰かと取り違えておられるんですよ。ぼくはあなたの息子じゃありません。コンスエロ叔母さんに関して言えば、あの人はぼくが作り出した人物なんです」

父は困惑したような顔でぼくを見つめたあと、おもむろに応じた。ひどく感激してぼくの手を握り締めると、自分のメッセージはたしかに伝わったというような満足げな微笑を浮かべた。こうして父は懐かしい思い出の記録と一緒に、消えることのない暗い幻影の住む家をぼくに遺してくれた。

父はかつて多くのもの、本当に多くのものを信じていたが、けっきょくすべてに不信感を抱くようになった。その父がぼくにたったひとつの信念を最後に残してくれた。虚構だとわかっているのに虚構を信じ、それ以外に何も存在せず、それが虚構だとわかり、そうと知りながらなおもその虚構を信じること、それこそがこの上ない真実なのだという信念を残してくれたのだ。

エンリーケ・ビラ＝マタス『永遠の家』解説

エンリーケ・ビラ＝マタス（Enrique Vila-Matas）の作品は邦訳ですでに三冊（『ポータブル文学小史』*Historia abreviada de la literatura portátil*, 一九八五（平凡社）、『バートルビーと仲間たち』*Bartleby y compañía*, 二〇〇〇（新潮社）、『パリに終わりはこない』*París no se acaba nunca*, 二〇〇三（河出書房新社）が出版されているので、作者について改めて紹介するまでもないように思われるが、今回はじめてビラ＝マタスの作品を手にされる方のために以下手短に彼の経歴と作品を紹介しておこう。

ビラ＝マタスが生まれたスペインのカタルーニャ州は、東部でフランスと国境を接し、南部は地中海に面している。このあたりは大昔からカスティーリャ地方を中心とする中央政府に抵抗して政治的独立を目指し、文化的にもスペインよりもむしろフランスや地中海文化の影響を色濃く受けて独自のものを生み出してきた。

そうした外に向かって開かれた風土のもとで建築というよりもむしろ造形芸術ではないかと思えるほど奇抜な発想に基づいて、サグラダ・ファミリアをはじめ数々の驚くべき建造物を残しているアントニオ・ガウディや摩訶不思議な幻想性とエロティシズムをたたえた絵画で知られるサルバドール・ダリ、あるいは見る人を奇妙な幻想世界へといざなう特異な抽象画の世界を創造したジョアン・ミロなどが生まれてきたのも、当然のことと思われる。ビラ＝マタスもまたそうした系譜につながるひとりと言っていいだろう。

エンリーケ・ビラ＝マタスは一九四八年、バルセローナに生まれた。本人の言によると、幼いころから物語を書くのが好きで、暇さえあれば小説めいたものを書いていたとのことである。やがて名門校として知られるバルセローナ大学に進学する。在学中の一九六八年に映画雑誌《フォトグラマス》の編集に携わり、その時に映画を二本制作している。一九七一年、大学卒業後兵役にとられ、モロッコ北東部のスペイン領メリーリャで服役する。本人はこの時期も執筆を続けていた、と語っている。除隊後ふたたび映画雑誌の仕事に携わるものの、小説を書きたいというやみがたい思いに駆られてパリへ行き、そこで二年ばかり暮らす。その時に著名なフランスの女流作家マルグリット・デュラスの所有する屋根裏部屋に住まわせてもらい、おかしくも奇妙なさまざまな体験をする。当時のことを独自の手法でつづったのが『パリに終わりはこない』である。

スペインに帰国すると執筆活動に専念し、小説や短篇を次々に発表するが、ほとんど注目されることはなかった。その名が知られるようになるのは、一九八五年に出版した『ポータブル文学小史』が高く評価されたからで、この作品がフランスをはじめヨーロッパ諸国で各国語に翻訳されるとたちまち評判になり、彼の名はスペイン本国よりもむしろヨーロッパやラテンアメリカで知られるようになった。

作品のもとになっているのは、前衛主義芸術家たちが一九二〇年代に行った破天荒な冒険である。一九二四年、前衛芸術家として知られるマルセル・デュシャンを中心にしたグループがイギリスの作家ロレンス・スターンの小説『トリストラム・シャンディ』から名前をとった《秘密結社シャンディ》というグループを立ち上げる。その結社に入会するには二つの条件が求められた。ひとつは、会員は自分の芸術作品を軽くてポータブルなものに、つまりスーツケースに詰めて簡単に持ち運びできるようなものにすること。もうひとつは、一個の完璧な独身者の機械として機能することである。ここに言う〈独身者の機械〉とは言うまでもなく、デュシャンの作品『彼女の独身者たちによって裸にされた花嫁、さえも』からとられたもので、そこには「機械を、製品を生産し生活を豊かにするものと見なさずに、もっぱら母なくして生まれた娘という、生産や生殖を否定した、不毛と死と性の暗冥な象徴とみなすのは、一言でいえば、独身者の観念、女という大地や自然を拒否し、高貴な知性と妖しげな肉欲との二律背反自体を精神の運動として生きる独身者の領域に根ざしている」（東野芳明『マルセル・デュシャン』美術出版社）という考えがこめられている。さらに、シャンディ、つまり結社の構成員になるためには極端なセクシュアリティ、革新の精神、壮大な意図の欠如、傲岸不遜であること、分身との緊張感に満ちた共生、黒人の世界に対する親近感、それに疲れを知らない遊牧性が求められる。一九二四年から二七年まで三年間ひそかに芸術活動を続けたこの結社には、デュシャンを筆頭に、スコット・フィッツジェラルド、ヴァルター・ベンヤミン、ヴァレリー・ラルボー、ガルシア＝ロルカ、ポーラ・ネグリ、ジョージア・オキーフなどそうそうたる芸術家が名を連ねていた。結社は当初、アフリカのニジェール川河口にあるポール・アクティフに拠点を置き、その後ウィーン、プラハをはじめヨーロッパ各地に拠点を移しながら活動を続けた。しかし、スペインのセビーリャで集会を開いた際に大論争が巻き起こり、ついに結社は三年間に及ぶ活動の幕を閉じた。

ビラ＝マタスは一九六六年の夏に、スペインの国境に近いフランスのポール・ボーという町でデュシャンに出会い、結社の話を聞いて興味を持つようになった。そこで彼はさまざまな資料や伝聞から結社の活動を調べ上げて、その活動を跡付けた。芸術をきわめて高度な知的遊戯と見なし、遊びであることを認識しつつ真剣にそれに取り組んだシャンディたちの姿と生き様を虚実取り混ぜてエピソディカルに描いたこの作品は、外国語に翻訳されるとたちまち大きな反響を呼び、ついにはヨーロッパ各地の遊び心のある芸術家たちがひそかに《秘密結社シャンディ》を真似た結社まで作ったと伝えられる。

ビラ＝マタスはその後も精力的に創作をつづけ、ここに紹介した小説『永遠の家』(*Una casa para siempre*, 一九八八)をはじめ数多くの作品を発表しており、現在も執筆活動を続けている。彼の作品の主だったものの中からいくつか紹介しておこう。

彼が作家としての地位を確立したのは、一九九九年に発表した小説『垂直の旅』である。七十歳を過ぎた老実業家のフェデリーコ・マヨルは、ある日妻から思いがけず離婚話を切り出される。悩み抜いた末に彼は家庭、事業、それまでの世界、すべてを投げうって放浪の旅に出る。その旅の中でさまざまな人たちに出会い、ついに本の世界に喜びを見出すというストーリーのこの作品によって彼は、スペイン語圏文学のノーベル賞とも評されるベネズエラのロムロ・ガリェーゴス賞に輝くが、この賞はのちにノーベル文学賞に輝いたペルーのマリオ・バルガス＝リョサやコロンビアのガブリエル・ガルシア＝マルケス、さらにはスペイン現代文学を代表する作家ハビエル・マリーアスなどが受賞しており、スペイン語圏でもっとも権威ある重要な文学賞として知られる。

次いで二〇〇〇年には奇妙な作品『バートルビーと仲間たち』を出版し、これもイタリアの作家アントニオ・タブッキをはじめ外国の著名な作家たちから絶賛された。バートルビーというのは、アメリカの作家ハーマン・メルヴィルが創造した人物で、ある事務所に書記としてやとわれ、最初のうちこそ精力的に仕事をこなすが、やがて何もしなくなり、そのうち何を言われても「せずにすめばありがたいのですが」という言葉をつぶやくだけでまったく仕事をしなくなり、挙句の果てに事務所に住みつき日がな一日壁に面した窓を眺め暮らしているという奇態な人物である。この人物の名をタイトルに入れたこの作品は、ものが書けなくなるバートルビー症候群に陥った主人公が二十五年ぶりに筆を執り、同じ病気にかかった数多くの国内外の作家、詩人に関するおかしくもどこか悲しいエピソードを断章風につづったものである。ホフマンスタール、カフカ、ホーソン、メルヴィル、ジュリアン・グラック、タブッキをはじめ有名、無名の詩人、小説家にまつわるさまざまなエピソードを、驚くべき博識ぶりを発揮して目眩（めくるめ）くばかりに次から次へと語り継いでおり、この作品もまたヨーロッパで大反響を呼んだ。作品の冒頭で、生涯定職に就きもしなければ家も家庭も持たず、さまざまな職と土地を転々としながら、出版の当てもないのに手近な紙きれに営々としてものを書き続け、ついに精神病院で亡くなったスイス出身の作家ローベルト・ヴァルザーにまつわるエピソードを皮切りに、著者は文学の魔に魅入られたバートルビーの精神的な血縁者たちを次々に紹介していく。最後に死を迎える直前に一切を捨てて自らバートルビー的な死を遂げようと、家庭も家族も捨て日記に人生最後の言葉を書きかけたまま家出し、名もない田舎町の駅で息を引き取ったトルストイのエピソードで締めくくっている。

考えてみれば、十九世紀にバルザック、スタンダール、フロベール、ディケンズ、サッカレー、あるいはトルストイ、ドストエフスキーなどによって小説はかつてないほど大輪の花を咲かせた。しかし、ホフマンスタールの『チャンドス卿の手紙』やカフカの『日記』からうかがえる創造の苦しみを見てもわかるように、二十世紀の文学、とりわけ小説は袋小路に入り込んでしまったような状況にあった。そんな中ジョイス、プルースト、フォークナー、ベケットなどがそれぞれに新しい方向を模索していくが、他方一九四〇年代からラテンアメリカでは、ボルヘス、カルペンティエルを先駆者に新しい文学の胎動がはじまる。六十年代に入ると、コルタサル、カルロス・フエンテス、マリオ・バルガス＝リョサ、ホセ・ドノソなどが次々に斬新な手法を用いた作品を発表し、小説というジャンルに新しい息吹を吹き込んで活性化させた。のちにラテンアメリカの《文学ブーム》と呼ばれるようになるのがこの世代の作家たちである。中でも、神話的な世界を創造した作品から、十九世紀風のリアリズム小説、歴史上の人物に焦点を当て、その時代と人物たちを鮮やかに描き出した小説、あるいは植民地時代の悲恋の物語を語った作品など、一作ごとに趣向、技法を変えながら数々の名作、傑作を生みだしたガブリエル・ガルシア＝マルケスはひときわ強い光芒を放っている。

一方、スペインの作家たちは従来の技法にこだわって創作を続けていたが、前衛芸術に親近感を覚えているカタルーニャ出身のビラ＝マタスは、『バートルビーと仲間たち』で従来の小説とは一味も二味も違う、ものが書けなくなるという〈失書症〉の作家たちにまつわるエピソードを驚くべき博識ぶりを発揮して断章風の形式で語っており、多くの読者を驚かせた。この作品によって彼は、〈バルセローナ市賞〉、フランスの〈外国最優秀作品賞〉をはじめ数々の文学賞に輝いた。

しかし、この作品を書いたのが災いしたのか、自身がバートルビー症候群、つまり〈失書症〉にかかってしまい、ものが書けなくなった。苦しみぬいた末にようやく苦境を脱し、『モンターノの病』(*El mal de Montano*, 二〇〇二)を書き上げる。作品の冒頭に次のような興味深い一節が出てくる。「若いモンターノは失書症にかかった作家たちの謎めいた事例をもとに危険な小説を書いたばかりに、自身の書いた小説の網目にからめとられ、出版直後にものを書きたいという気持ちがあるのに体が麻痺したように動かなくなり、出口の見えない失書症に陥った。つまり、何も書けなくなってしまったのだ」。皮肉な話だが、ビラ＝マタスは自分の書いた小説の〈呪縛〉にかかり、その気持ちがあるのにペンを持つことができなくなってしまう。

ビラ＝マタスの作品を振り返ってみると、『ポータブル文学小史』から『パリに終わりはこない』までに書いた五作の長編小説のうち、『垂直の旅』をのぞく四作は興味深い変遷をたどっているように思われる。『ポータブル文学小史』で既成の芸術を破壊しようと試みた若い芸術家たちの破天荒な冒険を描いたあと、『バートルビーと仲間たち』でバートルビー症候群、つまり〈失書症〉にかかった作家、詩人たちにまつわる悲しくて、どこかおかしい列伝を書き上げた。しかし、そのあと自身が〈失書症〉にかかってペンを持てなくなる。その中で彼が見出したのは、これまでの小説作法を否定し、新たな道を模索することで新境地を開いた。小説はもはや十九世紀にも、二十世紀にも戻れない。逆説的というほかはないが、彼が見出したのは外に広がる世界でなく、内なる自分であり、しかもそれは内的独白や意識の流れといったものでもなければ、不条理な世界でもなく、自己を客体化して〈失書症〉を笑い飛ばすことであった。

この作品で注目すべき点は二つある。当初、語り手はモンターノの父親になっていて、〈失書症〉

に陥った息子に心を痛めているのだが、やがてそれまでの語りは実をいうと本人、つまりモンターノ自身だったと明かされ、読者は肩透かしを食らったような戸惑いを覚える。もう一点は、作中に何度も出てくる《分身》である。この二点から考えて、作者は自己を徹底的に客観化して見つめようとしていると考えられる。つまり、ビラ＝マタスは自分自身を徹底的に客体化し、外側から見つめているということであり、そこから上質のユーモアが生まれてくる。

また、ストーリーに目を向けると、絶えず脱線逸脱を繰り返しながら予測のつかない形で展開し、さらに随所に作者の目眩くような博識ぶりをうかがわせる文学的断章が織り込まれていて、通常の小説とまったく違った味わいの作品になっている。これはまさに前衛主義的な手法である。ロマン的イロニーを取り込み、さらに進んで小説の登場人物や自分自身を徹底的に突き放して客体化することによって、彼はそれまでの現代文学には見られなかった新しい文学空間を創出したと言っても過言ではない。

次作の『パリに終わりはこない』では、パリで文学修行を行っていた若い頃のことが語られているが、冒頭の〈作家アーネスト・ヘミングウェイそっくりさんコンテスト〉に出場した時の抱腹絶倒のエピソードを通して、作者が自らを戯画化、つまり客体化していることに読者は思い当たるはずである。このエピソードは、作者が自分をどこまでも客体化し、笑いの対象にしていることを物語っており、その姿勢は全編を通じて一貫している。つまり、『モンターノの病』で手の込んだ手法を用いて自身を客体化した作者は、この作品でパリの屋根裏部屋で文学修行に励んでいた若かりし頃の自分自身を振り返り、自らを客体化しているのである。没入と距離を置いて対象を見つめるというロマン的イロニーは、ヘミングウェイ、マルグリット・デュラス、フィッツジェラルドをはじめ数多くの作家へのオマージュと、彼らを一歩距離を置いて見つめる作者の視線のうちに読み取れるだろうし、また作者がこの作品で講演という形式を用いている点にも意味が込められている。つまり、架空の聴衆を前にして自身について語るという手法を通じて自己を客体化しているのである。

この作品をはじめここまで取り上げてきた三作品もまた、通常の小説とは趣を異にしている。つまり、形式の破壊といってもいい作品になっているが、これはまさにベンヤミンの言う「形式のイロニー化は、形式の自発的な破壊のなかに存在する」(『ヴァルター・ベンヤミン著作集4 ドイツロマン主義』佐藤康彦ほか訳、晶文社)という言葉にあるようにロマン主義的な手法である。そこから考えると、ビラ゠マタスは遅れてやってきたロマン主義者であり、芸術の破壊と再創造を目指した前衛芸術家の衣鉢を継ぐ作家と言える。彼のこうした姿勢は以後の作品にも受け継がれていき、その後もビラ゠マタスは驚嘆すべき博識を生かして次々に話題作を発表して、現代文学に新しい地平を切り開いてきた。彼が今後も目を離すことのできない現代文学の旗手であることは間違いない。

☆ ☆ ☆

ここで『永遠の家』について少し触れておこう。

メキシコの編集者でエッセイストでもあるマルガリータ・エレディアが編纂した『ポータブル・ビラ゠マタス。批評から見たひとりの作家』(*Vila-Matas portátil, Un escritor ante la crítica*, edición de

Margarita Heredia, Editorial Candaya, Barcelona）という本がある。ここにはスペインをはじめ、ラテンアメリカ諸国や欧米の作家、批評家がビラ＝マタスについて書いた読み応えのある評論、エッセイをはじめ、ビラ＝マタスの行った対談も収められている。執筆者の中には、イタリアの著名な作家アントニオ・タブッキをはじめ、クリストファー・ドミンゲス、ソレダッド・プエルトラス、フスト・ナバーロ、セルヒオ・ピトル、フアン・ビリョーロ、モーリス・ナドー、アラン・ポールズなど作家、評論家が名を連ねている。

中でも、チリの亡命作家で優れた小説を数多く発表し、これからのラテンアメリカ文学を担っていく旗手として大きな期待を寄せられていたのに、不幸にも夭折したロベルト・ボラーニョがビラ＝マタスの作品を高く評価していたことはよく知られている。その彼が『永遠の家』にまつわる面白いエピソードを紹介しているので、以下に触れておこう。彼によると、この作品が出版された時、スペインの二人の批評家が書評で徹底的にこき下ろした。ひとりは、これは最低、最悪の小説であると酷評し、もうひとりはこのようなテキストは絶対に書くべきではない、と切り捨てた。一般読者もその言葉を鵜呑みにし、本はほとんど売れなかった。ところがその数年後、この作品の翻訳がフランスで出版されると評判になり、スペインの代表的な小説家の書いた作品と共にその年のフランスで刊行された優れた外国小説の二冊のうちの一冊に選ばれた。このあたりは伝統的な小説作法に固執するスペインの文学者と、斬新なスタイルを受け入れる素地のあるフランスの文学者の考え方の相違を物語っているようで興味深いものがある。

ボラーニョはさらに、ビラ＝マタスのこの作品の中心人物が腹話術師であることに着目してこう述べている。つまり、小説家は誰しも自分の声（すなわち、スタイル）を持ちたいと願っており、それを何とか身に付けたいと願っている。しかし、そこには落とし穴があって、幸運にも自分の声を手に入れると、それに馴れてしまってやがて語りはお決まりの単調で平板なものになってしまうのだ。ビラ＝マタスはそのあたりの機微をわきまえていて、たえずそこから抜け出そうとしている、と書いている。

つまり、この短篇集は腹話術師が語り手なのだが、内容的には一見推理小説風のものもあれば、シリアスなテーマを扱ったもの、ユーモラスなものと実に多彩である。これは作者が一作ごとに〈虚空への新たな跳躍〉を試みているからであり、そのことはこの作品の末尾の一節「虚構だとわかっているのに虚構を信じ、それ以外に何も存在せず、それが虚構だとわかり、そうと知りながらなおもその虚構を信じること、それこそがこの上ない真実なのだという信念を残してくれたのだ」という一節からもうかがえるだろう。つまり、ボラーニョの言葉を借りれば、観客がいようがいまいが腹話術師（作家）はつねに虚空への跳躍を試みているということである。この作品を通してビラ＝マタスが従来の短篇、あるいは小説と一味も二味も違う風変わりな世界を創り出しているのは、彼が虚空への新たな跳躍を試みているからにほかならない。そして、そんな彼を支えているのが、小説というジャンルに対する信頼なのである。

また、この作品によってフランスで高い評価を受けたビラ＝マタスが以後、数え切れないほどの国際的な文学賞に輝いたのも不思議ではないし、近年は何度もノーベル文学賞候補に上っているのも当然のことと言えよう。

作者自身が〈短篇集、そして同時に小説〉と奇妙な副題をつけているこの連作短篇集、あるいは〈虚空への新たな跳躍〉を通して、従来の作品とはまた違った世界に触れて楽しんでいただければ、訳者としてはこれに勝る喜びはない。

☆　☆　☆

数年前、ふと思い立ってエンリーケ・ビラ＝マタスの初期の短篇集はどんな味わいの作品だろうかと思って、『永遠の家』を訳してみることにした。断章風の小説を書いている彼が、短篇ではどのような世界を創り出し、ストーリーや人物造形がどうなっているのか興味があったのだ。下訳のつもりで気楽に、楽しく訳し終え、いずれ手直しをしようと思ってＵＳＢメモリに取ったのだが、実はそのまま失念してしまった。

それから一、二年して書肆侃侃房の田島さんにお会いした時に、『永遠の家』を訳してあるのを思い出して、雑談の中でそのことを伝えると、読ませていただけませんかという話になった。家に戻ると早速篋底（きょうてい）ならぬ、ＵＳＢメモリを入れてある箱をかき回してやっとのことで見つけ出した。それを田島さんに送ると、読ませていただきましたが、なかなか面白い作品なので本にしましょうと、とんとん拍子に話が進んだ。

当初は時間をかけてもう一度訳し直すつもりでいたのだが、版権の関係で訳書の出版の締め切りが思いのほか切迫していてあわてた。その頃、ぼくは同時進行の訳を二本抱えていて、どうにも動きが取れなかったのだ。どうしたものか思い悩んでいる時に、ふと、以前教鞭をとっていた神戸市外国語大学のイスパニア（スペイン）学科の教授で、スペイン語圏の文学と言語に造詣の深い野村竜仁先生なら手直しをお願いしても安心だろうと考えた。そこでさっそく野村先生に事情を話し、お渡しするのはあくまでも下訳なので訳文全体を原文と対照し、遠慮なく朱を入れてくださって結構です、ただ時間があまりないのでご無理を申し上げますが、もしよろしければ手伝っていただけませんかとお伝えしたところ、快諾していただいたので、ほっと胸をなで下ろした。

野村先生は締め切りが切迫している中、ＵＳＢメモリに入っている拙訳と原文を丁寧に読みくらべて、手直ししてくださった。ぼくは新しく手直しされた訳稿に目を通したが、野村先生のおかげで、以前に比べると格段にわかりやすく、かつ読みやすいものになったと思っている。

訳者としては、風変わりな味わいのこの短篇集を読者に楽しんでいただけたら、それ以上の喜びはない。

以下にビラ＝マタスの主だった作品を挙げておく。

Suicidios ejemplares（短篇集）一九九一
Hijos sin hijos（短篇集）一九九三
Recuerdos inventados（短篇集）一九九四
Lejos de Veracruz（小説）一九九五

Extraña forma de vida（小説）一九九七
Doctor Pasavento（小説）二〇〇五
Exploradores del abismo（短篇集）二〇〇七
Dublinesca（小説）二〇一〇
Aire de Dylan（小説）二〇一二
Kassel no invita a la lógica（小説）二〇一四
Mac y su contratiempo（小説）二〇一七
Esta bruma insensata（小説）二〇一九

■著者プロフィール

エンリーケ・ビラ＝マタス（Enrique Vila-Matas）

1948年バルセロナ生まれ。1985年『ポータブル文学小史』がヨーロッパ諸国で翻訳され、脚光を浴びる。その後も2000年『バートルビーと仲間たち』や、2003年『パリに終わりはこない』など次々に話題作を発表し、世界的に評価される作家。

■訳者プロフィール

木村榮一（きむら・えいいち）

1943年、大阪市生まれ。神戸市外国語大学名誉教授。著書に『ラテンアメリカ十大小説』ほか、訳書にバルガス＝リョサ『緑の家』、コルタサル『遊戯の終わり』、リャマサーレス『黄色い雨』ほか。

野村竜仁（のむら・りゅうじん）

1967年、群馬県生まれ。現在、神戸市外国語大学イスパニア学科教授。おもな訳書に、ビオイ＝カサーレス『パウリーナの思い出に』（共訳）、セルバンテス『戯曲集』（共訳）がある。

永遠の家　UNA CASA PARA SIEMPRE

2021年7月7日　第1刷発行

著　者　エンリーケ・ビラ＝マタス
翻訳者　木村榮一・野村竜仁
発行者　田島安江
発行所　株式会社 書肆侃侃房（しょしかんかんぼう）
〒810-0041 福岡市中央区大名2-8-18-501
TEL 092-735-2802　FAX 092-735-2792
http://www.kankanbou.com
info@kankanbou.com

編　集　田島安江
ＤＴＰ　黒木留実
印刷・製本　シナノ書籍印刷株式会社

ISBN978-4-86385-473-4 C0097